Un comunista en calzoncillos

Claudia Piñeiro

Un comunista en calzoncillos

© Claudia Piñeiro, 2013
By arragement with Literarische Agentur Mertin Inh. Nicole Witt e. K.,
Frankfurt am Main, Germany
© De esta edición:
Santillana Ediciones Generales, S. A. de C. V.
Av. Río Mixcoac 274, Col. Acacias,
México, D. F., C. P. 03240, México.
Teléfono 5420 7530
www.alfaguara.com/mx

Diseño: Proyecto de Enric Satué
Diseño de tapa: Pep Carrió

Primera edición: abril de 2013
ISBN: 978-607-11-2656-6

Impreso en México

A Hernán, mi hermano, único testigo.
El que sabe cuánto de ficción y cuánto
de realidad hay en esta historia.
Mentira y verdad.

Sólo he escrito lo que recordaba. Por eso, quien intente leerlo como si fuera una crónica encontrará grandes lagunas. Y es que este libro, aunque haya sido extraído de la realidad, debe leerse como se lee una novela, es decir, sin pedir más, ni menos tampoco, de lo que una novela puede ofrecer. (...) la memoria es débil, y los libros que se basan en la realidad con frecuencia son sólo pequeños atisbos y fragmentos de cuanto vivimos y oímos.

NATALIA GINZBURG, *Léxico familiar*

La abuela me enseñó: "La memoria es como la lengua, siempre va a la muela que más duele".

GUILLERMO SACCOMANNO, *Situación de peligro*

Nota de la autora

Las referencias que aparecen en la primera parte del libro: "Mi padre y la bandera", remiten a capítulos incluidos en la segunda parte del libro: "Cajas chinas". Las referencias incluidas en "Cajas chinas" remiten a capítulos de esa misma parte del libro. Dicho esto, cada lector es libre de seguir el orden de lectura que elija, sin ir a las referencias, yendo a las referencias cada vez que aparecen, ir a veces y a veces no. Incluso es libre, claro, de leer o no leer, su mayor derecho.

Mi padre y la bandera

Cosas que me pasaron durante la infancia, me están sucediendo recién ahora.

A<small>RNALDO</small> C<small>ALVEYRA</small>, *Iguana, iguana*

Ese verano, el verano siguiente a que lo despidieran de su trabajo, mi padre sostuvo la economía familiar vendiendo turboventiladores. Los turboventiladores eran, en aquel entonces, lo más novedoso que se podía encontrar para aliviar el calor del conurbano bonaerense. Y ese verano, el verano de 1976, hizo mucho calor en Buenos Aires y sus alrededores. Nosotros éramos de los que vivían en "sus alrededores". "Gracias a Dios, hace calor", decía mi padre, que no creía en dios alguno. Yo sí, todavía. Por las noches, cuando me acostaba, rezaba para que al día siguiente la temperatura llegara a valores aún más altos. Y pedía que no lloviera; cuando llueve refresca, con mis trece años ya lo sabía. Como también sabía que si hacía calor mi papá vendía muchos "turbos", forma abreviada con la que llamábamos en nuestra casa a esos aparatos. Que si mi papá vendía muchos turbos volvía contento. Y que si él estaba contento, mi casa estaba tranquila.

"Los turboventiladores le traen alivio al pueblo." Así decía mi padre. Y yo le creía. Por ese entonces, no conocía a nadie que tuviera en su casa aire acondicionado y los ventiladores comunes habían quedado desactualizados frente a esos artefactos cuadrados que podían inclinarse en distintas posiciones y que en los modelos más sofisticados permitían que la parrilla plástica frontal girara en sentido contrario a las paletas internas distribuyendo el aire de forma más equitativa. "Distribución de aire equitativa", ésa era la frase exacta que mi papá usaba cuando ofrecía los turboventiladores más caros a los posibles clientes. La frase del alivio del pueblo la usaba sólo dentro de casa y la decía con entonación, como si imitara el discurso de un político. Salía por la mañana, con el baúl del auto cargado, y recorría las calles que el día anterior había marcado con fibra roja en fotocopias de la guía Filcar. Tocaba los timbres de cada casa ofreciendo el producto. Había turbos blancos, beige, símil madera y grises; no sé si eran lindos, pero a mí me parecía que lo eran. Sin embargo, nada es perfecto. Tampoco un turboventilador. Y el peor defecto que tenían no era el ruido que hacían sino la tierra que se juntaba entre las varillas de la parrilla frontal. Pero de eso, de los defectos, nunca hablé con mi papá. Ni del ruido ni de la tierra acumulada. Al turbo que teníamos en casa yo misma, todos los días, le repasaba las varillas con una franela, una por una, para que él no notara la suciedad.

El despido del trabajo anterior no había sido técnicamente un despido. Mi padre y algunos de sus compañeros se dieron por despedidos e iniciaron un juicio. Él era delegado gremial de una empresa que criaba, evisceraba y vendía pollos; durante un largo tiempo lo buscaron con distintas artimañas intentando que hiciera algo que mereciera el despido o que harto de ser perseguido se fuera por su propia cuenta. Finalmente se dio por despedido cuando un mes, al retirar su recibo, se enteró de que le habían bajado el sueldo. Cambiaron el sistema de comisiones y eso implicaba, irremediablemente, cobrar menos. Los abogados les aconsejaron a él y a sus compañeros que mandaran el telegrama tranquilos, que el juicio estaba ganado antes de que empezara, "sólo es cuestión de tiempo". Y aunque mi papá sostenía que era mejor que no todas las demandas estuvieran manejadas por el mismo abogado porque entonces sería más fácil de "arreglar" por la empresa, terminó aceptando lo que votó la mayoría. El abogado arregló, como él sospechaba, y la indemnización nunca llegó. Pero mi padre no se enteró: para cuando se resolvió el juicio, muchos años después de aquel verano, hacía tiempo que ya estaba muerto.

Yo no decía que mi papá vendía pollos. Creía, como él, que estaba para otra cosa, que se merecía un trabajo mejor. Había llegado a segundo año de abogacía y eso era mucho más de lo que habían hecho los padres de mis amigas, que sin embargo tenían más dinero y estabilidad que nosotros. Lo cierto es que cada vez que mi papá cambiaba un trabajo por otro no era para mejorar sino todo lo contrario. Cuando se casó con mi mamá era gerente de la sucursal de un banco con una carrera en ascenso, pero años después dejó el trabajo porque un amigo le propuso un negocio brillante que terminó en estafa; negocio por el que mi padre, para no quedar mal delante de amigos, conocidos y parientes, tuvo que salir a levantar muertos con los pocos ahorros que teníamos. Después deambuló por varios empleos, incluso quiso anotarse en el Profesorado de Educación Física, pero tenía un año más que la edad máxima permitida. Hasta que, resignado a aceptar que el mundo siempre estaba en su contra, entró en San Sebastián, "el más pollo", lo que tranquilizó a mi madre porque representaba un ingreso de dinero seguro y terminó de domesticar a mi padre, de ajustarlo a ese modelo de proveedor que debe darle a su familia lo que precisa aun a costa de las propias necesidades. Fuera de mi casa, yo no nombraba ni a San Sebastián ni a los pollos; y si alguien me preguntaba a qué se dedicaba mi padre, incapacitada para mentir por temor al pecado al que por esa época aún le concedía el poder de desencadenar el castigo, decía: "Mi papá es vendedor". No aclaraba qué vendía. Cuando aún después de la respuesta insistían con saber más, yo agregaba: "Vende productos alimenticios". Pero no decía "pollos". Como si "pollos" encerrara una vergüenza que no terminaba de entender o definir, pero que ahí estaba.

En mi casa no se comían los pollos que vendía mi papá. Él mismo los despreciaba porque despreciaba el método con el que los hacían engordar: dejarles la luz encendida toda la noche para que los animales comieran sin parar y estuvieran en condiciones de ser comercializados en un tiempo mucho menor a aquel en que podía engordar un pollo que sí dormía por las noches. "El capitalismo se fue al carajo", repetía mi padre, que era comunista. O se decía comunista. Tampoco le dije nunca a ninguna de mis amigas que mi papá era comunista. Ni que se paseaba en calzoncillos por toda la casa. Ni que mi abuela materna, que vivía en una casa pegada a la nuestra de la que no la separaba ninguna pared medianera, tenía en los fondos de su casa un gallinero. Ésos eran los únicos pollos que se comían en mi casa, los que después de cocinados en el horno quedaban dorados, con la piel crujiente, "y con gusto a pollo". Los que se empollaban, nacían y crecían en el fondo de la casa de mi abuela. Ella misma mataba los que luego comíamos.

Hacía un pozo en la tierra, donde más tarde iba a enterrar la cabeza del animal y sus plumas. Después de cavar elegía un pollo de su gallinero, lo atrapaba, lo llevaba donde estaba el pozo y su cuchilla, pero no lo mataba por degüello. Con el pollo abrazado bajo la axila del brazo izquierdo, lo tomaba por la cabeza con la mano derecha y la hacía girar ciento ochenta grados hasta que sus vértebras cervicales crujían y el pollo quedaba mirando su lomo. Recién entonces, cuando ya estaba muerto por la tracción, mi abuela lo degollaba. Dejaba que la cabeza cayera en el pozo y que la sangre se vertiera dentro. "A mí no me va a pasar que un pollo ande corriendo por ahí sin cabeza", decía. Por eso lo mataba primero. No lo desplumaba ahí, lo hacía en la cocina después de sumergir el animal muerto en agua caliente para aflojarle las plumas. Sentada en un banquito con las piernas abiertas y el pollo sin cabeza sobre el delantal que cubría su regazo, arrojaba lo que le quitaba en un balde de chapa hasta formar una montaña de plumas. Por último llegaba el olor a canuto quemado, esos restos que no se podían quitar tirando de ellos y para los que no había más remedio que pasarlos por la llama de la hornalla de la cocina.

A mi papá no le gustaba que mi abuela, su suegra, matara pollos, y menos que enterrara su cabeza y sus plumas en los fondos de la casa. No hacía falta que lo dijera: su mirada cuando la saludaba y mantenía con ella el mínimo intercambio de palabras en que se basaba su relación era suficiente muestra de un malestar al que me costaba ponerle nombre. No sé si también le molestaban más cosas de ella, pero a mí no me parecían posibles otras causas para ese trato distante entre mi padre y mi abuela materna, así que puse toda la responsabilidad en la matanza de pollos. Sin embargo, a veces se me cruzaba por la cabeza que a mi papá no le simpatizaba porque si ella no hubiera tenido una hija él no estaría entonces casado y atrapado en esa casa de Burzaco, viviendo con una mujer a la que quería pero con la que cada tanto se tiraban platos por la cabeza, criando dos hijos y vendiendo turboventiladores. Él, mi papá, que podría haber aspirado a tanto más. Ni bien se me metía en la cabeza esa idea, yo trataba de descartarla por el dolor que me provocaba. Aunque no sé si la palabra exacta era dolor, tal vez desilusión o desesperanza. O culpa porque de alguna manera yo lo entendía. Era más tolerable y piadoso pensar que mi papá no quería a mi abuela porque mataba pollos girando su cabeza como si destapara una rosca que concluir que lo que de verdad le pesaba era estar casado con mi madre y haber formado esa familia. La mía.

Aquel verano fue también cuando empezó toda la historia del Monumento a la Bandera y la comisión de burzaqueños en defensa del patrimonio histórico. Las reuniones a las que mi papá se negó a ir aunque fueran todos los padres de mis amigas. Y la pelea con la ciudad de Rosario para que se reconociera oficialmente que el primer Monumento a la Bandera del país era el nuestro, el de Burzaco, y por fin se le rindieran los honores correspondientes. Pelea de la que probablemente Rosario nunca estuvo enterada. Un verano en que las chicharras lanzaban al aire su agudo chirrido desde que aparecían los primeros rayos de sol hasta entrada la noche. Y que mi padre, que siempre creyó que estaba para hacer cosas mucho más importantes si el mundo no se hubiera confabulado en su contra, hizo lo mejor que pudo para cumplir con sus obligaciones: vender lo que fuera tocando el timbre de casa en casa.

A los cuatro años sacaron a mi padre de un pueblo costero de La Coruña y lo llevaron a vivir a la avenida Pavón, en Avellaneda. A un quinto piso. Nunca antes había vivido en altura. Cuatro años en Portosín al ras del mar, largos días en un barco, y por fin ese departamento de dos ambientes con muebles desvencijados que habían conseguido a préstamo y que probablemente no iban a devolver. Allí se habían metido los cinco: su madre, su padre y sus dos hermanas, la más chica un bebé de brazos.

Nadie había anotado a los niños en el colegio. No habían tenido tiempo. Lo harían más adelante, cuando estuvieran instalados. Su padre, mi abuelo, salía temprano cada mañana a buscar trabajo. A su madre se le iba el tiempo en amamantar, limpiar, cocinar o hacer que dejara de llorar su hija menor, Esther. La mayor, Eladia, dibujaba en una libreta usada que le había conseguido su padre. Mientras tanto el mío, un niño de cuatro años, se entretenía mirando por la ventana que daba a la avenida. Colectivos, autos y tranvías en la calle empedrada. Gente que iba y venía por la vereda, justo debajo de él.

Uno de aquellos días, monótonos y repetidos hasta el hartazgo, mi padre arrastró una caja y se subió sobre ella para poder asomarse por la ventana un poco más. Y fue entonces que así, inclinado sobre el vacío, se le ocurrió medir la profundidad que lo separaba de lo que veía moverse debajo de él. Bajó de la caja, giró sobre sí y buscó a su alrededor algo que pudiera ser arrojado, pero nada lo conformó. Fue a la cocina, abrió uno de los cajones de madera y tomó un cuchillo, pasó junto a su madre, que le daba el pecho a la beba. Se subió otra vez a la caja y se agarró del marco de la ventana con la mano que le quedaba libre. Miró, no era el Atlántico lo que corría debajo. Levantó el cuchillo un poco más alto que su cabeza sosteniéndolo desde el mango apenas con dos dedos, lo hizo pendular en el aire y gritó con su voz infantil de acento español: "¡Apártense que lo tiro!".

Y lo tiró.

La primera vez que oí hablar de las reuniones para tratar el asunto del Monumento a la Bandera y la disputa con la ciudad de Rosario fue una tarde de fines de diciembre, mientras estaba tirada sobre la cancha de baldosa gris donde se jugaba al papi fútbol y al básquet en el Club Social de Burzaco, mojada, con la gorra de baño puesta, tratando de secarme al sol.

Mis amigos y yo nos pasábamos todo el verano en la pileta del club. Mi mamá, mi papá y mi hermano también. Aunque mi papá sólo iba los fines de semana, algunos fines de semana. Primero jugaba al tenis. Era uno de los mejores tenistas del club y cada sábado se enfrentaba con uno que era tan bueno como él. Yo no miraba el partido, sufría si perdía, no por el resultado en sí mismo sino porque le tenía miedo a su malhumor, un malhumor que no eran gritos sino silencio. En cambio varios de mis amigos seguían cada uno de los tantos parados detrás del alambrado, como si el partido que se disputaba fuera entre jugadores profesionales. Mi papá jugaba aun en el tiempo en que practicar ese deporte en la Argentina era cosa de ricos. Él no era rico. Jugar al tenis representaba entonces un lujo al que accedía a base de deseo y esfuerzo. El bien a preservar, el más caro, el que debía cuidarse porque sólo podía ser reemplazado sacrificando otros gastos, era la raqueta. Mi papá tenía una *Wilson Jack Kramer* a la que nosotros llamábamos simplemente "la Wilson". Una raqueta de marco de madera y cuerdas de tripa. Y más allá de que de vez en cuando saltara una cuerda o hubiera que hacerle ajustar el encordado completo, el verdadero peligro para la Wilson era el agua o la humedad. Por eso mi padre suspendía el partido que fuera apenas caían dos gotas y se apuraba a cubrir la raqueta con la funda, una toalla o con su misma remera: "Preferible agarrar una gripe que arruinar la Wilson". No era sólo cuestión de lluvia, la humedad propia de ciertas estaciones podía hacer que el marco de madera se curvara como un volado. Por eso, cuando no la usaba, mi padre ponía la raqueta dentro de una prensa, también de madera, una especie de trapecio con cuatro tuercas mariposas en cada vértice que había que aflojar para que entrara y luego ajustar para apretarla y así garantizar que la humedad no le hiciera perder su forma. A veces, cuando estaba de buen humor, mi padre me dejaba poner la Wilson en la prensa. Para mí era un halago, como si con ese gesto me estuviera diciendo: "Te tengo confianza". Sin embargo, con el tiempo me di cuenta de que, fuera de mi vista, él verificaba que yo hubiera apretado las tuercas lo suficiente y que su raqueta estuviera a buen resguardo.

Cuando el partido terminaba, mi papá se duchaba y bajaba a la pileta. Avanzaba por el pasillo que la rodeaba, con la toalla al hombro, y yo tenía la sensación de que todas las mujeres, incluso mis amigas, lo miraban: el andar firme, su abdomen duro como una piedra, las piernas musculosas que, como eran algo cortas, él se ocupaba de disimular con shorts que nunca caían más de cinco centímetros sobre el muslo. Gumer, así se llamaba mi padre, y algunos distraídos se preguntaban de qué origen era un nombre tan extraño sin darse cuenta de que no era más que el diminutivo de Gumersindo. "Es un nombre de origen sueco", decía mi papá cuando le preguntaban y lo pronunciaba haciendo más gutural la u, como si esa vocal estuviera doblemente acentuada y durara mucho más que cualquier otra letra: Gúúúmer. Lo decía en broma y se sonreía pero, como luego no daba otras explicaciones, más de uno debía creer que era cierto.

Al llegar al borde del agua mi padre dejaba la toalla a un costado y se tiraba de cabeza en el sitio donde la pileta pasaba de ser baja a profunda. Siempre en ese sitio exacto. No nadaba bien, por eso no se sentía seguro en la parte honda, pero ni él lo reconocía ni nosotros nos dábamos por enterados. Se tiraba justo donde el suelo de la pileta empezaba a bajar pero decía que lo hacía "porque sí", porque era donde "le daba la gana". Un rato después, cuando emergía otra vez a la superficie, cruzaba nadando de lado a lado, ida y vuelta; luego se trepaba en el borde sin usar la escalera y salía. Mi mamá sí nadaba bien, pero tampoco lo mencionábamos para que en el pequeño ámbito privado que constituía mi familia no se tomara como una comparación en la que mi padre habría salido perdiendo. A pesar de esas deliberadas omisiones, nadie podía negar el hecho de que fue ella, y no él, quien nos enseñó a nadar a mi hermano y a mí. Mi mamá sólo sabía nadar estilo pecho, sin embargo enseñarnos ese recurso fue legado suficiente, un legado que nos permitía aventurarnos en "lo hondo" y disfrutar. El estilo crawl y el mariposa nos los enseñó Poldo, el bañero y entrenador del equipo de natación del club, del que todas las chicas estábamos enamoradas, tanto, que hasta aceptamos a su novia cuando la trajo como asistente. Y algo que nos enamoró más aún fue que había elegido a una chica que para nosotras no era ni la mitad de linda que Poldo mismo.

Poldo y mi papá tenían varias cosas en común, al menos para mí. Algunas eran públicas, otras me las reservaba y jamás se las habría confesado a nadie: los dos acortaban su nombre, Gumer era Gumersindo y Poldo era Leopoldo; a los dos los miraban las mujeres; los dos eran mucho más lindos que las parejas que habían elegido, la novia de Poldo y mi mamá.

La pileta del Social era una pileta de veinticinco metros de largo que estaba cerrada los lunes para que ese día le cambiaran el agua. Por eso los martes, cuando nos zambullíamos, tiritábamos de frío. Y los domingos nos bañábamos en un caldo con una tonalidad verde de distinta intensidad según el camino hacia la putrefacción que había recorrido el agua clorada. No nos importaba ninguna de las dos cosas. Lo mejor que teníamos era esa pileta porque ahí nos encontrábamos todos. Y lo único que podía impedir nuestra presencia eran los hongos: cada quince días debíamos pasar por una revisación médica y si entre dos dedos de los pies aparecían escamas de piel o manchas rojizas teníamos que curarnos con urgencia y esperar hasta la próxima revisación. Que te dejaran sin pileta era el peor castigo, porque dejarte sin pileta era dejarte fuera de nuestro mundo. Éramos capaces de hacer lo impensable para que eso no sucediera. Al menos yo era capaz. Mi abuelo paterno murió el día en que empezaba la revisación médica para la temporada de pileta de alguno de aquellos veranos. Ese día mis padres habían salido muy temprano sin que yo me atreviera a hablarles del asunto. El día pasaba y ellos no volvían. Cuando la sospecha de que no llegarían a tiempo se convirtió en certeza, le empecé a insistir a mi abuela para que me llevara al velorio. Insistí las veces que fue necesario. No mencioné la revisación de la temporada de pileta. Mi abuela me llevó. Estuve junto al cadáver. Recé cuando rezaron. Me di un beso en la mano y la apoyé sobre la frente fría de mi abuelo. Antes de irme, como al pasar, tratando de disimular que ése era el motivo que me había llevado al velorio de mi abuelo, le pregunté a mi madre dónde estaba mi carnet del club y le pedí si me podía dar dinero para pagar la temporada de pileta. "¿Tiene que ser hoy?", me dijo. No contesté pero se me llenaron los ojos de lágrimas. Ella tampoco dijo más, de mala gana se acercó donde estaba mi padre y le habló al oído. Temí su reacción, incluso aunque ésta no fuera más que su mirada silenciosa desde la esquina donde estaba, a los pies del cajón. Pero mi padre no me miró, metió su mano en el bolsillo, contó unos billetes, se los dio a mi madre y se puso a conversar con un hombre que se acercó en ese momento junto a él. Apreté la plata que me dio mi madre, la hice un bollo dentro de mi puño y así la llevé. Mientras íbamos en el colectivo con mi abuela tuve la premonición de que algo malo me sucedería. Pero no fue así. Llegué a tiempo, pagué la temporada completa, el médico me revisó, puso su firma y su sello en el carnet. Y el verano comenzó otra vez.

La rutina diaria era sencilla y repetida: llegábamos al club todas las tardes después de almorzar, nos duchábamos, nos cambiábamos y, una vez listos, nos parábamos junto al borde esperando que Poldo tocara el silbato que nos habilitaba a meternos en el agua a los que aún éramos "menores", categoría de la que huíamos triunfales apenas cumplíamos catorce años. En cuanto a la posibilidad de zambullirse, el que transcurría era mi peor verano; muchos de mis amigos ya habían cumplido catorce, yo en cambio los cumpliría en los próximos meses, una vez entrado el otoño. El azar de haber nacido antes o después del verano establecía una línea entre nosotros, una separación explícita que marcaba que no todos éramos iguales, una diferencia que no había sentido hasta entonces. Excepto por las ideas de mi padre, pero eso era algo que yo fácilmente lograba ocultar con mi silencio, un silencio distinto del de él, que no venía del enojo sino de la vergüenza de sentirme distinta, de no pertenecer. Así, con mi silencio, sostenía la equivocada ilusión de que al menos esa línea de separación no existía, de que no importaba que en mi casa se viera el mundo de una manera y en la casa de mis amigos de otra, de que la única línea que se interponía entre nosotros era la que separaba en la pileta a los que ya habían cumplido catorce años de los que no.

Entonces, porque aún tenía trece, mi tiempo en el agua duraba hasta las cinco y media cuando Poldo tocaba el silbato otra vez y nos obligaba a abandonar "el natatorio", como lo llamaba él. A la salida, casi siempre debía hacer sonar el silbato varias veces; algunas de ellas el sonido era largo, insistente, y en más de una oportunidad Poldo tenía que acercarse a alguno de nosotros caminando por el borde para tocarnos el silbato casi en la cara. Es que el sonido de las cinco y media disparaba la urgencia de un chapuzón, una tirada de despedida desde el trampolín, una última brazada. Era esa clase de tiempo, tal vez el primero que conocimos de esa especie, que queríamos estirar para que durara porque sabíamos que sería demasiado corto e irremediablemente finito.

Y luego nos instalábamos en la cancha de básquet a secarnos. Los varones se sentaban en la sombra, recostados contra la pared medianera. Nosotras, en cambio, nos acostábamos al sol: las cabezas en el centro del círculo que trazábamos, boca abajo, la pera sobre las manos entrelazadas, la vista al frente para poder mirarnos y conversar, los cuerpos mojados extendidos como si fueran los pétalos de una flor. No nos sacábamos la gorra a menos que el calor fuera tan insoportable que nos obligara a cargarla de agua con la que luego mojábamos las baldosas hirvientes, única manera de soportar echarse sobre ellas. Pero siempre que era posible, la gorra quedaba puesta hasta que nos íbamos. Incluso con la tira abrochada, lo que dejaba a lo largo del verano una marca blanca en la piel que recorría de oreja a oreja el cuello bronceado. La cabeza se recalentaba con la gorra puesta, pero eso era preferible a que los varones nos vieran despeinadas. Había dos tipos de gorras: las de látex y las de goma dura. La mayoría de mis amigas usaban las de látex. Pero mi mamá me compraba las de goma porque duraban más y eran más baratas. Además, para extender el uso de las de látex, había que tomarse el trabajo de secarlas bien y ponerles talco. Y así y todo, después de un tiempo corto empezaban a pegotearse. Para una Navidad mi tía me puso en el árbol una gorra con flores de colores aplicadas, sin tira. "Es importada", dijo. Ese verano cuidé más que ningún otro mi gorra de goma, sabía que si se me rompía mi mamá me iba a decir que usara la de mi tía y yo no estaba preparada para soportar las miradas de mis amigas clavadas sobre esa gorra con flores de plástico, tan llamativa y tan distinta de las que usaban ellas.

Una de aquellas tardes, echada sobre las baldosas de la cancha de básquet después de que había sonado el silbato de las cinco y media, Mónica dijo: "Vieron lo del monumento, ¿no? Parece que lo vamos a conseguir". Todas sabían de qué hablaba menos yo. "¿Qué?, ¿tus viejos no fueron a la reunión?", me preguntaron. "No sé", dije, pero estaba segura de que no habían ido, si lo hubieran hecho yo lo sabría. "Es que el primer Monumento a la Bandera del país es el nuestro", dijo Mónica, "y no alcanza con que lo sepamos sólo nosotros, así que se formó un grupo de vecinos para lograr que lo reconozcan". "¿Para que lo reconozcan quiénes?", pregunté. "Todos", dijo Mónica, "es injusto que siempre se hable del monumento de Rosario y nunca del nuestro, o que los desfiles que pasan por la televisión sean los de allá, si éste queda más cerca de la Capital y está desde antes". Mis amigas asintieron y una de ellas, Gachi Bengolea —su padre no sólo era el presidente del Rotary Club sino además el presidente de la incipiente "Comisión por la Reivindicación del Monumento a la Bandera de Burzaco"— dijo que el objetivo principal era conseguir que la presidenta viniera el 20 de junio a nuestra plaza para los festejos en lugar de ir a la plaza de Rosario. "No es que la Perona nos importe tanto pero, como dicen en mi casa, a falta de pan buenas son tortas", concluyó. Y yo me quedé pensando qué opinarían en mi casa de esa comparación.

Esa noche, mientras cenábamos, les pregunté a mis padres si sabían algo de las reuniones por el monumento. Mi mamá estaba al tanto, pero mi papá no.

"No te dije porque sabía que no te iba a interesar", le explicó, "el otro día llamó Natalio Bengolea para ver si queríamos participar". "Esta gente está muy al pedo", dijo mi padre, "¿no les alcanza con el Rotary Club?". Yo miré la comida en mi plato, sabía que una vez más no iba a poder contar lo que mi padre opinaba acerca de algo, de lo que fuera, en este caso del proyecto para la reivindicación del Monumento a la Bandera de Burzaco, porque lo que él pensaba siempre iba a contramano de lo que pensaban los padres de mis amigas. A menos que hubiera otra que callara como yo y que ninguna de las dos lo supiéramos. "¿Y qué les digo si me preguntan por qué no van ustedes a las reuniones?", me atreví a preguntar sin levantar la vista. "Deciles que yo no voy porque ésa no es mi bandera", respondió mi padre. Lo que en algún sentido era cierto, había nacido en España y aunque estaba en la Argentina desde los cuatro años jamás había cambiado la ciudadanía. "Y que están todos al pedo, muy al pedo", agregó, pero él y yo sabíamos que esa parte de su argumento no la iba a compartir con mis amigas.

Fue la excusa que usé: la de la nacionalidad de mi padre. La usé entonces, en ese verano, cuando me pedían explicaciones por su ausencia a aquellas reuniones. Pero también más adelante cuando me preguntaban por sus ideas políticas: "Mi papá no vota, es español", respondía. Aunque para ese entonces y por un tiempo largo, ya nadie votaba.

La piedra fundamental se puso en la plaza Manuel Belgrano el 25 de marzo de 1938, pero el Monumento a la Bandera se inauguró recién cinco años más tarde, el 25 de julio de 1943. (1) Casi catorce años antes que el de Rosario. En el colegio nos hacían repetir esos datos y algunos otros cada vez que se acercaba el 20 de junio. Por ejemplo: que muchas familias de Burzaco donaron importantes sumas de dinero para solventar los gastos del monumento que treinta y tres años después aún seguía esperando su reconocimiento. En los pocos libros que hablaban de la historia de nuestro pueblo, aparecían menciones a hombres relacionados con el origen del monumento que llevaban el mismo apellido que algunas de mis amigas: Pedro Legris, Luis Galignana, Juan Carlos Cima, Federico Mantegaza, René Vallo, Miguel Crowford. La familia de mi mamá ya vivía en Burzaco por aquel entonces pero no aparece mencionada en ningún sitio, a pesar de que mis abuelos conocían muy bien a todas esas otras familias por la actividad con la que se ganaban la vida: amasar y hornear en su panadería, El Boulevard, el pan que se comía en el pueblo. (3) La familia de Mónica tampoco aparecía pero su madre decía que habían quedado fuera del libro por un problema de edición. El que sí aparecía era el entonces intendente de Buenos Aires porque donó ocho farolas que se habían quitado de la Plaza de Mayo en la última remodelación. El día que se puso la piedra fundamental repartieron tarjetas que llevaban en el frente el dibujo de lo que sería el monumento y en el anverso la lista de los integrantes de la Comisión Directiva de la Comisión Popular pro Homenaje a la Bandera, antecedente directo de la que ahora organizaban los padres de mis amigas no para su homenaje sino para su reivindicación. Me acuerdo que busqué la palabra en el diccionario para saber su significado exacto: acción y efecto de reivindicar. Reivindicar: reclamar o recuperar alguien lo que por razón de dominio, cuasi dominio u otro motivo le pertenece, o a lo que cree tener derecho. Pero igual no entendí.

El constructor y el escultor a cargo también eran de Burzaco. "Nativos", decía el manual de historia: Francisco Blumetti y Claudio León Sempere. Aunque Sempere había nacido en San Antonio de Areco y Blumetti nadie sabía dónde. Nosotras no llegamos a conocer a ninguno de los dos, pero sabíamos de Sempere no por su talento con las esculturas sino porque su hija era la bibliotecaria de la Biblioteca Popular Mariano Moreno, donde cada tanto íbamos a buscar libros para completar la tarea. De allí saqué un tiempo después la primera novela que leí prestada por una biblioteca: *El exorcista*, de William Blatty. Mis amigos habían ido al estreno de la película, pero a mí mis padres no me dejaron ir. Así que no me quedó más remedio que leer la novela, a escondidas, lo que sin dudas dejó más marcas en mis noches de insomnio que la película en las noches de mis amigas.

La base proyectada para el monumento dibujaba un rectángulo de cinco metros por ocho, y la altura se estimaba que sería de veinticinco metros, aunque finalmente sólo llegó a veintitrés. El revestimiento elegido fue mármol travertino traído de Mendoza y dentro del monumento estaba previsto un templete con sótano donde se guardaría bajo llave el cofre de la bandera. En la punta, además del mástil, se pondrían dos cóndores de bronce de dos metros de largo para que coronaran el monumento y custodiaran la bandera cuando flameara. Los moldes de los cóndores los hizo el mismo Sempere pero la fundición se llevó a cabo en el Arsenal Naval de Río Santiago, con bronce de otro monumento histórico: el del acorazado Almirante Brown. A mí me perturbaba pensar en ese otro monumento que decidieron derretir para hacer uno nuevo y distinto, quería saber cuál había sido la razón para que se fundiera un monumento y se levantara otro, pero aunque se lo pregunté a varias de mis maestras, ninguna me lo supo responder. Balbuceaban explicaciones acerca de la importancia del nuevo uso, pero nadie mencionaba la fundición del acorazado. "Así fue siempre", me dijo mi padre cuando le pregunté, "funden uno, levantan otro, eso es la historia".

Además de los cóndores, Sempere había incluido en el proyecto dos bajos relieves en bronce: uno que representaría la batalla de Salta y otro, la batalla de Tucumán. Y esculturas de cuatro soldados que custodiarían las dos puertas de hierro de entrada al interior. Pero el escultor se murió antes de que se terminara el monumento, de lo que había proyectado sólo se pudo cumplir con los dos cóndores y las dos puertas de hierro que se le encargaron a otro "nativo", el herrero artístico Alfredo Murujosa.

Los libros también dan cuenta de quiénes estuvieron presentes aquel 25 de julio de 1943: el comisionado municipal, el cura párroco, la Comisión Directiva de la Comisión Popular pro homenaje a la Bandera, la Comisión Directiva de San Vicente (pueblo cercano a Burzaco que se solidarizó con el emprendimiento), instituciones locales, delegaciones de escuelas de la zona. La diana reglamentaria estuvo a cargo de la banda del Regimiento 3 de Infantería, y el Himno Nacional fue interpretado por la de la Policía de La Plata.

Yo, treinta y tres años después, agradecía que sólo estuvieran los cóndores. Bastante miedo me daba verlos y si a mi miedo hubiera tenido que sumarle cuatro soldados de bronce más altos que mi padre, habría sido intolerable. La altura del propio padre marca un límite, una cota, para bien o para mal, con la que se mide a todos los hombres, los que ya conocemos y los que aparecerán en la vida futura. Y aunque entonces no lo podía decir con estas palabras, tenía muy claro lo que significaba y significaría en un futuro la altura de mi padre.

Nunca toqué el monumento, ni siquiera me acerqué a menos de dos metros de él. Pasaba cada tanto a su alrededor, en bicicleta, cuando quería cortar camino a través de la plaza. Y me tenía que quedar parada firme y quieta frente a él cuando en algún acto patrio se izaba la bandera mientras cantábamos "Aurora". Les cantábamos a los cóndores: "Alta en el cielo un águila guerrera". Me preguntaba entonces si no habría ninguna canción patria con cóndores en lugar de águilas. Y cuando me convencí de que no, me dije que algún día yo la compondría. Tal vez no a la patria, pero sí al cóndor (6).

A pesar de mi fantasía compositora, ni antes ni después de que se constituyera una comisión para reivindicarlo, sentí que el monumento ocupara un lugar tan destacado en la plaza, aunque estuviera ubicado en su centro exacto y las diagonales confluyeran en él.

Porque para mí lo que definía esa plaza no era el Monumento a la Bandera sino el ombú. Un ombú que estaba más cerca de la Parroquia de la Inmaculada Concepción que de la Escuela Número 3, desde mucho antes de que se pusiera esa piedra fundamental. Nunca vi un ombú semejante en ninguna otra parte del mundo, tampoco después de aquel verano. Sus ramas definían los mejores recorridos para treparse. En su rugosidad y aspereza se notaba la cantidad de años que tenía, y sus hojas eran de un verde mucho más intenso que el de los otros árboles. Uno de sus brazos, el más grande, dibujaba un asiento perfecto. Había que esperar turno para usar ese asiento vivo porque cada chico que se trepaba quería permanecer allí el rato suficiente como para sentirlo suyo.

Mientras yo jugaba en el ombú, no era necesario mirar al monumento ni a los cóndores. Ni pensar en la patria, ni en el himno, ni en las batallas, ni en los soldados, ni en el templete oculto detrás de las puertas de hierro. Ni siquiera en la bandera.

Mi patria era ésa, el ombú de la plaza. (7)

La señorita Julia apareció por el club a mediados de enero. Había sido mi maestra en sexto grado y la maestra de muchos de los que estábamos ahí, chapaleando en la pileta o tomando sol sobre las baldosas calientes de la cancha de básquet.

No sé quién fue el primero que la vio bajar del vestuario cubierta apenas con un traje de baño, la gorra en la mano y la toalla colgando del brazo flexionado del mismo modo que se lleva una cartera. Pero quien haya sido hizo correr la voz y la voz corrió. Yo me enteré cuando estaba subiendo la escalera para tirarme del trampolín alto. Me lo dijo Mónica, al oído, como si no pudiera decirse en voz alta. Miré hacia adelante, por encima de la pileta, atravesé con la vista el alambrado que separaba el natatorio de la cancha de básquet y la busqué en el camino que, bordeando el bar, conducía desde el vestuario hasta donde estábamos. Un poco antes del lavapiés de la entrada, la vi. Caminaba mejor que ninguna de nosotras, caminaba mejor que ninguna de nuestras madres, cruzando con cada paso, apenas, un pie delante del otro. Sonreía y, de tanto en tanto, saludaba con un saludo corto, agitando la mano a la altura de la cintura sin levantar el brazo, quebrando la muñeca, como dedicatoria especial para alguno de nosotros que se atrevía a devolverle la sonrisa o que sin atreverse era sorprendido mirándola.

Resultaba raro verla en el club, en nuestra pileta. Mucho más raro aún verla en malla, con tantas partes de su cuerpo desnudas.

No sé si todos sentían lo mismo pero para mí, y más allá de su cuerpo, su presencia en el club implicaba una incomodidad, una necesidad de cuidarme de cierto peligro diferente al experimentado durante las horas de clase. Porque en el colegio uno estaba alerta, en cambio fuera de él y en medio de aquel verano, la señorita Julia irrumpía con la perturbadora extrañeza con que irrumpe lo anacrónico, lo que trata de encajar en un lugar al que no pertenece. Y entonces no me quedaba claro si yo podía confiar en ella o no. Tenerla cerca y en un momento del año en el que solíamos estar relajados y sin mayores preocupaciones que la revisación médica, la convertía en un atento ojo censor, que juzgaba a pesar de estar de vacaciones. Aunque ese verano, si no hubiéramos tenido apenas trece o catorce años, algunos habríamos estado preocupados. Mi padre estaba preocupado. Mi madre también. Desde hacía tiempo que en mi casa mencionaban a la triple A, a los "milicos" y a López Rega con preocupación. A pesar de que para ese verano López Rega ya no estuviera en la Argentina. "Lejos el Brujo", sentenciaba mi padre, "otros se ocuparán de hacer la misma mierda". "¿Por qué le dicen 'el Brujo'?", les pregunté. Mi mamá respondió que porque practicaba la magia negra, mi papá "porque es un reverendo hijo de puta". En la casa de mis amigas, en cambio, a la que oía nombrar era a Isabelita, siempre con desprecio. "Fue copera", me dijo una vez Mónica. "¿Qué es copera?", le pregunté. "Puta", me respondió. Y si mencionaban a López Rega no era por la triple A sino por ella. "En la Casa Rosada apareció una pared escrita con meo", contó un día en el recreo el hermano de una compañera cuando todavía no había llegado el verano, "se comprobó que el pis es de López Rega, pero la letra es de Isabelita". Nos reímos a medida que íbamos cayendo, y luego fuimos repitiendo el chiste a cada uno de los que no lo habían escuchado. Yo se lo conté a mi mamá, a mi papá no me atreví. La imagen de la mano de Isabelita manipulando el pene de López Rega no era de las cosas que yo podía compartir con mi padre. (11)

Con el correr de los días comprobé que la rara sensación que me provocaba ver a la señorita Julia en el club no era sólo mía: esa mujer nos incomodaba a todos. Y los días por venir me reservaban un nuevo descubrimiento: incomodaba aún más a nuestras madres. Pero en el caso de las madres eran otros los motivos: la señorita era linda y estaba separada. "¿Se acaba de separar y ya está revoleando el culo en la pileta?", le escuché decir a la madre de Mónica una tarde que fui a tomar la merienda a su casa después del club. Porque el marido de la señorita Julia un día agarró sus cosas y se fue, y aunque nadie supo por qué lo hizo, cada uno tenía su propia versión. Lo cierto es que lo vieron en la estación, esperando el tren hacia Constitución con una valija de mano. Ninguno de los dos era de Burzaco, se habían mudado desde la Capital cuando a él lo trasladaron a la sucursal del Banco Provincia. Después de unos años llegó a ser tesorero y cuando se fue de la casa que compartía con la señorita Julia siguió viniendo al pueblo todos los días en horario bancario: llegaba para abrir el tesoro, primero que nadie, y se iba último después de hacer el arqueo y cerrarlo. Del banco a la estación y de la estación al banco sin pasar por la que había sido su casa durante los últimos años. Hasta que consiguió que lo trasladaran a otra sucursal y ya no se lo vio más. Eso dijeron, que se lo trasladó a otra sucursal, pero en realidad nadie sabía, repetían lo que a alguno le habían dicho en el banco. "Tiene cara de triste", le dije a Mónica un día que lo cruzamos cerca de la estación poco antes de que dejara el banco, había llovido hasta después del mediodía y no habíamos ido a la pileta. "Cara de cornudo, dice mi mamá", me contestó.

Lo cierto es que después de su comentado ingreso al club, más que en la pileta a la señorita Julia se la veía en la cancha de tenis. Había empezado a tomar clases con un profesor que no era socio, alguien que ella traía de otro club y le pagaba la entrada como invitado al nuestro. "Bastante más joven que ella, el profesor", le dijo la madre de Mónica a la mía una tarde que coincidimos madres e hijas mirando uno de sus entrenamientos. No sé por qué la mirábamos, no era tan común que nosotras lo hiciéramos, en cambio los varones de mi edad no se perdían ninguno de sus movimientos sobre el polvo de ladrillo. Los varones de la edad de mi padre, con mayor o menor desparpajo, también miraban. Más de una vez hasta lo descubrí a Poldo sacando la vista de la pileta y dejando que se le fueran los ojos hacia la cancha. Había que reconocer que la señorita Julia era mucho más llamativa en pollera de tenis que en traje de baño. Solía llevar una de las que se cruzan por delante, con la falda que queda sobre el frente lisa y el resto tableada, y que apenas caía unos centímetros por debajo de su bombachudo blanco. Las tablas se le abrían sobre la cola como un abanico y cuando corría, subían y bajaban al ritmo de sus pasos torpes. "¿Torpes?", preguntó con cierta ironía mi papá cuando le comenté que no me gustaba cómo corría la maestra. "A mí no me parece", dijo. "A mí sí", corrigió mi mamá mientras nos alcanzaba los platos a la mesa.

Torpe o no torpe, la señorita Julia no jugaba bien. Aunque tomaba clases tres veces por semana, todos coincidían en que el entrenamiento no le lucía. La primera parte de la clase el profesor le tiraba pelotas desde un canasto, una atrás de otra, haciéndola practicar distintos golpes. Luego los dos juntaban las pelotitas desparramadas por todos lados. El profesor levantaba de a varias con una mano, las apoyaba sobre el encordado de la raqueta, y luego avanzaba hasta el canasto donde las volcaba. Ella lo hacía de a una, no se agachaba, no doblaba la cintura, con la raqueta acercaba la pelota al borde exterior de la zapatilla, sin soltarla levantaba el pie, después separaba la raqueta dejando que la pelota picara y, por último pero inmediatamente, le daba un golpe para que rebotara más alto y subiera hasta la altura de su cintura, donde por fin la atrapaba con la mano izquierda. Luego las llevaba al canasto, de a una por vez, y repetía la ceremonia con otra. Cada tanto, para llevar más pelotas en un mismo viaje, enganchaba una o dos dentro del bombachudo, debajo del elástico de la pierna.

Durante toda la clase ella y su profesor se reían, la pasaban bien. Muchas veces después de terminar el entrenamiento y antes de ir al bar por una bebida, se quedaban a conversar con el hombre que regaba y ponía en condiciones las canchas del club entre un partido y otro. Nosotros le decíamos el "canchero". O el manco. Con el brazo que le quedaba llevaba la manguera, la movía de un lado a otro para que el agua no se acumulara y así evitar que se formaran charcos. Luego deslizaba por la superficie una arpillera desflecada clavada a un soporte de madera y los grumos de polvo mojado se deshacían. Iba y venía, hablando a los gritos con la maestra y su entrenador, mientras dibujaba caminos lisos que se diferenciaban de los caminos aún grumosos. Después pasaba sobre la superficie un rodillo gigante que aplastaba el polvo y por último barría los flejes blancos manchados de rojo hasta que quedaban impecables. La señorita Julia y su profesor lo esperaban a que terminara su rutina, como si sintieran que debían hacerle compañía mientras pasaba la arpillera, el rodillo y barría con su única mano. Se reían, el manco, el entrenador y la maestra. Era lindo verlos reír.

Hasta que la mamá de Mónica consiguió que le prohibieran la entrada al entrenador argumentando que en los reglamentos no estaba previsto que dieran clases profesores externos o no socios. De haber podido también le habría impedido la entrada a ella y si no lo hizo fue porque no tenía una razón válida. Presentó una queja en la Comisión Directiva y un viernes, cuando la señorita Julia ya estaba elongando en la cancha según las indicaciones del profesor, se les acercó Jorge Maidana, presidente de la Comisión de Tenis y, aunque no escuchábamos qué le decía, todos sabíamos que le estaba informando que el entrenador, mientras no se asociara, no podría seguir viniendo como invitado. Aunque Maidana y la señorita Julia sabían perfectamente que la posibilidad de asociarse era apenas una excusa, más allá del costo hacía tiempo que la entrada de nuevos socios estaba suspendida y sólo ingresaban parientes directos o candidatos que juntaran tres firmas de asociados de más de quince años y una de algún integrante de la Comisión Directiva. El profesor y la señorita, aquella tarde, levantaron sus cosas y se fueron. Y el manco regó la cancha sin tener con quién reírse.

No la vimos por unos días y creímos que no la veríamos más, al menos hasta que empezaran otra vez las clases. Pero el fin de semana siguiente la señorita Julia volvió, se cambió y bajó a la cancha de tenis. Sola. Se sentó en el banco. Era evidente que esperaba a alguien. La cancha estaba recién regada, el polvo de ladrillo húmedo y los flejes blancos barridos e impecables esperando las próximas pisadas. El manco se la cruzó cuando terminaba de poner la cancha en condiciones. Intercambiaron unas palabras en la puerta antes de que él saliera. Luego ella fue hacia el banco y acomodó sus cosas. Me quedé mirando, tratando de ver quién era su nuevo profesor, pero pasó un rato y me distraje. Me tiré tres veces del trampolín alto, buceé con mis amigas, me eché a descansar sobre el borde de la pileta. Cuando volví a mirar hacia la cancha la señorita corría, torpe, para alcanzar una pelota. Desde mi posición no llegaba a ver del otro lado de la red así que no sabía con quién estaba jugando. Hasta que agarré mi toalla y fui hacia la cancha de básquet a juntarme con algunas de las chicas. Entonces miré y los vi: la señorita Julia jugaba al tenis con mi papá.

No me detuve, no los saludé, con rapidez saqué la vista de ellos y la clavé delante de mí, en un punto fijo, como si no los hubiera visto. Seguí con el paso tan firme como pude hasta donde estaban mis amigas tomando sol. Me acosté boca abajo en las baldosas. Ninguna dijo nada, pero todas sabían.

Esa tarde, ni bien Poldo tocó el silbato para que saliéramos de la pileta, me fui para mi casa. No quería estar en el club. No quería hablar con mis amigas. Mucho menos quería que mis amigas me miraran sin decir lo que ellas y yo sabíamos que estaban pensando. Lo único que me hacía dudar era que tampoco quería que ellas hablaran de mí, de mi padre y de la señorita Julia cuando me fuera. Pero eso, más tarde o más temprano, no lo podía evitar. Y el nudo que tenía en la garganta me terminó expulsando del club: si iba a llorar, lloraría en mi casa y sin testigos.

Subí al vestuario y me cambié. Cuando salí, la señorita Julia tomaba una Coca en el bar, sola. No la saludé, bajé la vista y caminé hacia donde estaban mis amigas. Le di un beso a cada una. Miré de reojo en la dirección en la que segundos antes había visto a la maestra: ya no estaba. Me preocupé pero enseguida la descubrí subiendo al vestuario, ella también se iba y eso me tranquilizó. Luego miré hacia las canchas. Mi papá jugaba con uno de sus amigos. Aunque no sé si la palabra amigo era la que correspondía para definir las relaciones que mi padre mantenía con sus contrincantes en los partidos semanales de tenis. Más aún, si él tenía verdaderos amigos yo no los conocía. Le conocía compañeros de trabajo, gente con la que practicaba deportes, carniceros de los que hablaba como si lo fueran en la época en que vendía pollos San

Sebastián y que veía cuando la venta de turboventiladores lo acercaba por aquellas zonas, pero amigos de
esos que se invita a comer a la casa porque sí, con los
que se comparten cumpleaños, de los que llaman o pasan cada tanto a ver cómo está uno o la familia, de esos
no le conocía. Aun así, amigo o compañero de tenis, a
ese que jugaba con él sobre el final de aquella tarde yo
le estaba agradecida: ocupaba el otro sector de la cancha, completaba la vacante y no dejaba espacio para
otro. Otra, en este caso.

De camino a mi casa me lamenté porque ese verano no hubiéramos ido a Mar del Plata como habíamos ido algunos otros años. Si hubiéramos ido, yo
no habría estado ese día en la pileta, mi padre no habría estado en las canchas de tenis, mi madre no se
habría quedado en casa cuidando a mi hermano que
tenía unas líneas de fiebre y la señorita Julia habría
jugado al tenis con otro o no habría jugado con nadie. Pero ése era el verano de los turboventiladores.
Otros veranos sí, cuando mi padre tenía un trabajo
fijo y había podido ahorrar algunos pesos durante el
año. Entonces alquilaba una casa en el bosque de Pe-
ralta Ramos, llevábamos a mis abuelos maternos —a
pesar de ese rencor que yo intuía que mi padre sentía
por mi abuela — y reservábamos una carpa en algún
balneario cerca del faro (12), (13). Cuando empezaron sus tropiezos laborales aún seguimos yendo a la
playa por algunos años, pero a departamentos de dos
ambientes, en el centro, con camas y vajilla para cuatro, que mi padre alquilaba sin conocerlos, sin ni siquiera ver fotos, apenas recorriendo meticulosamente
los avisos clasificados con un cigarrillo en una mano y
un lápiz negro con la punta sacada a corte de Gillette

en la otra. A mi madre, a mi hermano y a mí nos preocupaba qué podíamos encontrar al descubrir el lugar
ya alquilado el día que llegábamos valijas en mano y
sin posibilidad de devolución. Pero aunque la decep-
ción fuera extrema nunca decíamos nada. Cuando
empezamos a alquilar en el centro de la ciudad, además del tipo de vivienda, cambiamos las playas de
Punta Mogotes por La Bristol, una playa que mi padre siempre había despreciado por la falta de espacio
o el exceso de gente o por las dos cosas. Seguramente
la despreciaba también cuando terminamos allí, pero
ya no lo dijo más. Ser inmigrante le había enseñado a
aceptar la que viniera. "Cualquier mierda siempre será
mejor que pasar hambre", era la frase preferida de mi
abuelo, que para un día de Reyes en que mi padre dejó
los zapatos en la ventana a pesar de que él le dijo que
no lo hiciera, le puso pan duro en lugar de regalos y
dijo: "Es lo que traen los Reyes a gente como nosotros".
Viniendo de esa infancia, no era de extrañar que la
ilusión de mi padre hubiera sido decapitada a una
edad muy temprana, y cuando se ponía amargo más
que rabia me daba pena. Por ese entonces, antes de que
llegaran los turboventiladores, el primer día en Mar
del Plata, mi padre compraba una sombrilla barata,
una lona y allá íbamos, fingiendo que nos gustaba.
Cruzábamos la rambla, mi padre adelante con la sombrilla al hombro como si llevara el mástil de una bandera, mi madre unos pasos más atrás con un bolso y
una heladera. Y mi hermano y yo, uno a cada lado de
ella, buscando con la mirada ese lugar libre en la arena que nos permitiría instalarnos para nuestro día de
playa. En cuanto estábamos del otro lado, bajábamos
corriendo las escaleras, nos adelantábamos por el ca-

mino angosto de listones de madera y buscábamos. Mirábamos a un lado y al otro hasta que alguno de los dos gritaba: "¡Allá!", y señalaba el lugar a colonizar, un cuadrado de arena de no mucho más de un metro por un metro, donde mi papá clavaba la sombrilla con una técnica muy estudiada (clavar, inclinar, girar en el sentido de las agujas del reloj, enderezar, tapar) que garantizaba, según él, que la sombrilla recién comprada no se volaría con el viento. Cuando terminaba respiraba profundo, sacando pecho, como tratando de que el aire salado le invadiera por completo los pulmones llenos de tabaco, luego extendía la lona, se sentaba en la sombra con las rodillas replegadas y miraba el mar. Callado. Su cara no era de placer sino de deber cumplido, la vista perdida, los labios apretados, no hablaba pero era como si de alguna manera nos estuviera diciendo: "Ahí está, ahí tienen su arena, ahora jódanse y disfruten". (14)

Sin embargo, a pesar de la falta de espacio en la arena, de los feos departamentos y de la mirada perdida de mi padre, a pesar además de que casi todas mis amigas estaban ese verano en Burzaco, esa tarde de enero habría preferido estar en Mar del Plata. De camino a mi casa, tanto me esforcé por pensar en aquellos otros veranos que para cuando llegué casi había logrado olvidar por qué pensaba en ellos, o eso parecía. Entré y fui directo al cuarto que compartía con mi hermano sin recordar que por la fiebre él estaría ahí. No me quedé ni un instante, ese día no podía compartir un espacio tan pequeño con nadie. "¿Querés la leche?", preguntó mi madre cuando atravesé otra vez la cocina para ir hacia el patio. "No, más tarde", respondí y salí. Fui por el camino que separaba mi casa de la de mi abuela, sin pared, sin alambrado, sólo un sendero angosto que todos sabíamos indicaba esa frontera familiar. El camino iba del jardín de mi casa al gallinero de mi abuela atravesando una quinta de la que también se ocupaba ella pero que invadía parte de los fondos del terreno de nuestra casa, la de mi padre. Fui y vine varias veces, contando los pasos para concentrarme en ese pensamiento y que no me invadieran otros. Se hizo de noche. Mi madre me llamó a comer. "¿Qué le pasa?", escuché que le decía mi papá cuando atravesé la cocina para ir al baño a lavarme las manos. "No sé", le contestó ella. "¿Qué te pasa?", me preguntó él cuando me senté a la mesa. "Nada", respondí. "¿Te peleaste con alguna amiga?", insistió. "No, ¿y vos?", le dije. Mi padre no entendió. O eso me pareció. Mi madre menos. Comimos, a mi hermano le llevaron la cena al cuarto. "No te estarás engripando vos también, ¿no?", preguntó mi madre. Negué con la cabeza. Cuando estábamos por terminar de cenar mi padre, sin levantar la vista del plato, le dijo a mi mamá: "¿Sabés con quién jugué hoy al tenis?". "¿Con quién?", preguntó ella. "Con la señorita Julia", contestó él. "¿Y eso?" "Llegué temprano a la cancha y estaba ahí, cambiada, recién terminaba de estirar y ya empezaba a guardar todo para irse, dijo que le había fallado una amiga con la que iba a jugar." "¿Qué amiga?", preguntó mi madre. "¡No le preguntes qué amiga, te está mintiendo!", pensé yo y la miré fijo como si ese pensamiento pudiera viajar en silencio de mi cabeza a la de mi madre. "No sé, no me dijo", le respondió él. "Qué raro." "Sí, bueno, le peloteé un poco, para que no se fuera así, sin haber hecho nada." Se me cruzó la imagen de la madre de Mónica contándole a alguna otra madre que mi padre le había peloteado a la señorita Julia. Y esa madre contándoselo a otra. Y esa a otra. Me levanté de la mesa sin pedir permiso y me fui a mi cuarto. "¿Terminaste de comer?", gritó mi mamá desde la cocina cuando se dio cuenta de que yo no volvía. No le contesté. Me había acostado y me había tapado con una sábana hasta arriba de la cabeza. Lloré. ¿Era verdad que mi padre había jugado casi por casualidad con la señorita Julia o era tan cínico que preparó toda esa historia de la amiga que la había dejado plantada por si alguien le contaba a mi mamá? No lo sabía, y probablemente jamás llegaría a saberlo.

De tanto llorar me quedé dormida. Unas horas después me despertó una música que sonaba en medio del silencio de la noche, fui hasta el living y lo espié desde el marco de la puerta: sentado en el sillón de un cuerpo que era suyo antes que de ningún otro integrante de la familia, de espaldas a mí, con las piernas extendidas sobre la mesita ratona, una cruzada sobre la otra, mi papá escuchaba a Gian Franco Pagliaro, a oscuras. Sonaba en mi casa "Las cosas que me alejan de ti". Me quedé tratando de entender, de encontrar una explicación o un sentido al hecho de que mi padre estuviera, a esa hora, escuchando música, algo que no le había visto hacer demasiadas veces. Es más, creo que nunca antes había visto a mi papá escuchando música en el living de nuestra casa. *Un sueldo miserable / Una casa irrealizable / Doce horas de trabajo / Sin salir nunca de abajo / Callar lo que se siente / Por temor a los de siempre. // Un mundo corrompido / El amor prostituido / Un sueño inalcanzable / Un camino intransitable / Vivir en un abismo /*

Por pensar siempre en sí mismo. // Estas son las cosas que día tras día / Me alejan de tu corazón, querida mía. / Querida mía.

La pregunta que apareció entonces y no me dejó dormir en toda la noche fue: ¿quién era esa "querida mía" en la que pensaba mi padre, que no lo dejaba dormir, que lo hacía escuchar un disco viejo, a oscuras, en la mitad de la noche? Y muy por debajo de cualquier pensamiento consciente, elaborado, me volvía con toda su impertinencia esa frase que me había torturado de chica y que creía dominada: mi papá es mucho más lindo que mi mamá. Quise sacarla rápidamente de mi cabeza, ya no tenía edad para seguir torturándome con si mi madre era linda o era fea, respondiéndome que no era linda y sintiéndome mala por pensar eso. Ni edad para preguntarme qué cosa de ella había enamorado a mi padre. "La única verdad es la realidad", decía mi papá repitiendo lo que antes había dicho Perón. Y la realidad era que él había elegido casarse con mi mamá, quince años atrás, y allí seguía, en nuestra casa, le pesara o no.

Mi madre dormía, no fui a su habitación pero al pasar por la puerta de su cuarto entornada sentí ese ruido extraño que ella hacía todas las noches, un ronquido que se quedaba a medio camino y terminaba siendo un suspiro áspero. (17) Entré en mi cuarto, intenté dormir pero no lo logré. Quería ser mi hermano y tener fiebre para dormir todo el día. O mi madre, a la que el sueño jamás la abandonaba. O la señorita Julia, la única que sabía si mi papá había mentido o no. Quería ser cualquiera que no fuera yo, con ese dolor en el pecho que no se me pasaba ni después de llorar escondida debajo de la sábana hasta quedarme seca de lágrimas. Pero por más que lo quisiera no fue posible: yo era la que estaba en esa cama, la que aunque se tapaba la cabeza con la almohada seguía escuchando los versos que Gian Franco Pagliaro entonaba para su "querida mía" y que mi papá hacía repetir una vez más en el Wincofon.

A la mañana siguiente, mientras desayunaba, le pregunté a mi madre, que acomodaba alimentos en la heladera: "¿Oíste la música que puso papá anoche?". "No", me respondió. "¿Cómo puede ser que papá escuche un cantante italiano?", insistí. "¿Y eso qué tiene?" "Él es español, no le gustan los italianos." Mi mamá se rió. "¿De dónde sacaste eso?" "Lo conozco mejor que vos", dije y me zambullí en el café con leche. Ella hizo un sonido que era algo así como un "mirá vos" y siguió con sus cosas. Yo insistí: "¿Y por qué escuchaba anoche una canción de amor?". "¿Qué canción de amor?", dijo, y me pareció que entonces mi conversación le empezaba a interesar. "Las cosas que me alejan de ti", respondí. Ella se rió y volvió a los estantes de la heladera. "Eso no es una canción de amor, es una canción de protesta."

Fui al living, busqué el long play de Pagliaro y puse la canción. La escuché varias veces, casi la aprendí de memoria de tanto escucharla, pero aun así no pude decidir si mi padre la había escuchado la noche anterior, a oscuras, mientras creía que todos dormíamos, pensando en mi madre, en la señorita Julia, o en un mundo mejor.

La primera reunión de la Comisión por la Reivindicación del Monumento a la Bandera de Burzaco a la que fue mi mamá terminó mal. "Casi a las piñas", le contó a mi padre un tiempo después, cuando ya no tenía sentido ocultárselo. Él la escuchaba tirado junto a la cama matrimonial, sobre un camino de alfombra gastado que los acompañaba desde que se habían casado, haciendo tijeras con las piernas para trabajar los aductores. La cabeza al lado de la cómoda, los pies cerca de la puerta como si su cuerpo apuntara a ella. Yo escuchaba desde el pasillo mientras buscaba en la biblioteca un libro que le tenía que devolver a una amiga. No había mirado hacia adentro al pasar junto a la puerta abierta, jamás miraba dentro de la habitación de mis padres cuando él hacía gimnasia, pero mientras revolvía en los estantes sabía que mi papá estaba practicando tijeras porque su rutina era idéntica cada día: si había empezado hacía diez minutos entonces ya había terminado los abdominales y ése era el momento de las tijeras. "Pepe Bengolea dijo que podía llegar a Isabelita por un contacto muy directo con la mano derecha de Lorenzo Miguel, pero Susana, la madre de Mónica, se propuso para hacer ella misma el contacto porque dice que es amiga de su modista y que le parecía más seguro ir por ese lado. "¿La modista de Lorenzo Miguel?", se burló Bengolea, y ella dijo: "No, la modista de la Perona". "¿Le dicen la Perona y después la quieren ir a buscar para que les bendiga el monumento?", preguntó mi padre pero mi madre no contestó porque sabía que era una de sus preguntas retóricas. "Entonces Bengolea le dijo casi indignado: '¿A vos te parece que una modista puede tener más llegada a un presidente que la mano derecha de Lorenzo Miguel?', pronunció 'modista' con desprecio y yo creo que dijo 'presidente' no por respeto a Isabelita sino para darle más importancia a su argumento. Y ahí fue cuando Martha Vergara dijo ofendida: 'Yo soy modista, Pepe'. Y Bengolea le tiró: 'Por eso mismo, no hay mejor ejemplo que el tuyo'. Estaba sacado. El marido de Martha en vez de defenderla intentó calmarla. 'No es con vos, Martha, no te metas', le dijo. Y lo peor es que Martha se calló. Susana gritaba más ofendida que la otra. Hasta que Bengolea golpeó la mesa y dijo: 'Yo propuse que a estas reuniones no vinieran mujeres, no sé por qué no me hicieron caso', y ahí todos tuvieron algo que decir a favor o en contra. No se escuchaban, hablaban a la vez, más que hablar gritaban. Yo me paré y me fui", concluyó mi madre. Mi padre, que a esa altura del relato ya habría cambiado las tijeras por las sentadillas, dijo: "No tendrías que haber ido". "Es que así nos quedamos siempre afuera de todo." "¿Y eso es malo? Si son una manga de ignorantes. Se preocupan por un monumento de mierda mientras se les viene el país abajo. A Lorenzo Miguel le va a durar poco la cercanía con Isabelita. Y a Isabelita le va a durar poco la modista, me temo." Y con el "me temo" todavía en la boca, mi padre dejó su cuarto y se fue a la cocina a saltar la soga. Mi madre se corrió para darle paso en el marco de la puerta, y ni bien salió fue detrás de él pero ya no hablaron del asunto. (19)

La frase de cabecera de mi padre era: "El deporte es salud". Y se burlaba de otra frase de aquellos tiempos: "El ahorro es la base de la fortuna", no porque hubiera encontrado otro camino para salir de pobre sino porque tenía la certeza de que las fortunas que conocía no se habían hecho ahorrando. No me había dejado tener Libreta de Caja de Ahorro Postal, donde todos mis compañeros menos yo pegaban estampillas con las que juntaban dinero que usarían más tarde. "Cuento chino. Cuando lo quieran usar no va a valer nada", decía y me quitaba otra de las tantas ilusiones que nunca tuve. Lo decían las maestras, lo decía el Correo, lo decían los padres de mis amigas. "Cuento chino", decía él. Ahorraba, sí, mi padre, las pocas veces que podía, pero no con la fantasía de llegar a ser rico sino de tener un lugar en donde caerse muerto. Y para que después de la caída nos quedara algo, lo poco que fuera, a nosotros.

No recuerdo un solo día de mi vida junto a él en el que no haya dedicado los cuarenta y cinco minutos anteriores a la cena a hacer gimnasia. Acomodaba sus necesidades deportivas a los espacios disponibles en nuestra casa de tres ambientes. Después de la rutina en su cuarto, saltaba la soga en la cocina, el espacio más grande, donde a esa hora mi hermano y yo terminábamos de hacer la tarea muy cerca de él, sentados uno a cada lado de la mesa familiar. Pero no mirábamos a mi padre sino hacia arriba y de costado, tratando de seguir algún programa en el televisor instalado sobre la heladera. Mientras, mi mamá terminaba de cocinar en silencio, pensando. Para mí siempre fue un misterio eso en lo que pensaba mi madre; lo hacía con tal concentración que uno le hablaba y ella no escuchaba.

Tal vez aquella noche pensaba en los dichos de Bengolea. O en la modista de Isabelita. O en los trabajados abdominales de mi padre que parecían una tabla con el mapa de sus músculos bordados como un matelassé, aún a su edad: 48 años. O en asuntos que yo desconocía por completo y por lo tanto jamás podría haber sospechado. Mientras ella cocinaba en silencio, él saltaba la soga, unos minutos alternando un pie con el otro, luego otros minutos más con los dos pies juntos, y por fin le dedicaba un último rato a saltar cruzando y descruzando brazos como suelen hacer los boxeadores. Para el final, mi padre reservaba siempre un nuevo salto con los dos pies juntos, esta vez a una velocidad que aumentaba con cada vuelta de soga, contando en voz alta los rebotes de los pies sobre el suelo hasta que en alguno de ellos se trababa con la soga, lo que determinaba el fin de esa etapa. Nos repetía el número, "doscientos dieciocho", "ciento noventa", "doscientos treinta" o el que fuera, para que estuviéramos al tanto de si había o no batido su propio récord. Luego colgaba la soga en el perchero de la cocina y daba por terminado su entrenamiento.

A mí la etapa que más me gustaba era la de la soga, no sólo porque la hacía junto a nosotros sino porque podía seguir sus movimientos a través del sonido, sin mirar, incluso de espaldas a él. Me gustaba oír el golpe que daba el yute trenzado contra las baldosas de la cocina, y el ruido seco, casi raspado, de la alternancia de un pie y el otro que subían y bajaban con el ritmo que mi padre le imprimía a cada salto. El sonido me hacía ver. Mi papá saltaba descalzo y, aunque no lo miraba en ese momento, yo conocía muy bien sus pies. Tenía callos en casi todos los dedos, más dos callos plantales ásperos y gruesos donde las huellas de la piel parecían surcos; sus uñas eran amarillas, duras, algo curvas y largas, como garras. No sé si lo que mejor hacía era saltar, en comparación con los abdominales, las flexiones de brazos, las sentadillas o alguno de los otros ejercicios de los que nunca supe el nombre. Lo que sí sabía era que la cocina era el dominio exclusivo de la soga y que en ese lugar su cuerpo me resultaba menos peligroso.

Pero el deporte no sólo era salud para mi papá sino que debía serlo también para los demás miembros de la familia. El único que tenía condiciones deportivas era mi hermano, que jugaba bien a lo que fuera: fútbol, tenis, pelota a paleta. Mi madre y yo éramos de otra naturaleza. Un día descubrí en la biblioteca de mi casa el libro de gimnasia sueca de donde mi papá sacaba sus ejercicios. En realidad no era suyo sino un regalo que le había hecho a mi madre cuando estaban de novios. La dedicatoria decía: "Lo que natura non da, Salamanca non presta". El non, en lugar de no, era su falso alarde de "europeo", como él se decía en lugar de gallego. Y luego, al pie de página, una frase para mitigar el daño: "Con esfuerzo y dedicación todo es posible". A mí me gustaba más la frase de Salamanca que la del esfuerzo posible. Mi madre siempre intentó complacerlo, terminó jugando al tenis aunque no le gustaba y corría la pelota con la raqueta adelante del cuerpo como si estuviera cazando mariposas. En mi calidad de hija fui entrenada por la fuerza varios años. Pero antes que ningún deporte, mi padre se puso como meta enseñarme a correr: "¿Me podés explicar por qué corrés con las rodillas juntas?". Yo no tenía respuesta, no sabía que había una forma correcta de correr y una incorrecta. Mi padre me hacía picar en el patio de una pared a otra, tarde por medio. Y recién cuando creyó que la cosa había mejorado un poco, me empezó a entrenar dando la vuelta a la manzana. Me esperaba en el pilar de mi casa con un reloj despertador viejo, al que ya no le sonaba la campanilla para despertar a nadie, y que él usaba de cronómetro. Cada vez que me acercaba, agotada aunque con la alegría del deber cumplido, mi padre, explícitamente o con su cara de resignación, me decía: "Seguís juntando las rodillas".

La corrida cronometrada con el reloj despertador había sido antes. Varios años antes. En una época en que yo todavía miraba cuando él hacía gimnasia en su cuarto. Hasta que dejé de hacerlo. Porque un día miré, justo en el momento en que levantaba la pierna, y el elástico flojo de los calzoncillos que usaba dejó al descubierto partes de su cuerpo que hubiera preferido no ver jamás: la piel morada, arrugada, muy distinta a la de sus muslos, y unos vellos oscuros, más oscuros que el color del pelo de su cabeza que desde hacía muchos años era totalmente blanco.

En ese verano sentí por primera vez que mi padre apartaba su mirada de mi cuerpo adolescente, como yo la venía apartando del suyo desde hacía un tiempo. Menos aún se atrevía a mirar mi cuerpo en movimiento, los pechos que subían y bajaban insinuados debajo de la remera, las caderas más anchas que se bamboleaban a cada paso. Un día declaró que suspendíamos el entrenamiento porque ya no creía que yo pudiera hacerlo mejor. Como tampoco esperaba

otra cosa que pan duro de los Reyes Magos. Ni dinero que tuviera valor a cambio de las estampillas
de la Caja de Ahorro.

Y hacia finales de aquel verano del 76, se le fueron muriendo, una a una, las pocas ilusiones en las
que intentaba seguir creyendo.

En mi casa había un solo baño, en medio del pasillo donde confluían las puertas de las otras habitaciones: la cocina, el living, el cuarto que yo compartía con mi hermano y el cuarto de mis padres. En ese pasillo, aprovechando un hueco sin mayor sentido, mi mamá había improvisado una biblioteca angosta y alta con unos estantes de madera colocados del piso al techo. Los estantes sostenían pocos libros y muchas de nuestras carpetas del colegio.

Las paredes del baño eran de azulejo celeste oscuro y el piso de mosaico negro con pintas blancas. En un pequeño placard detrás de la puerta, mi madre guardaba las toallas, los remedios y el papel higiénico. No había reserva de jabón, champú, ni dentífrico; se iban comprando a medida que se consumían. El champú que usábamos era individual, en sachet, nunca en frasco para compartir, porque mi madre decía que "el sachet evita el desperdicio". El espejo con estante sobre el lavatorio tenía manchas grises donde el baño de plata estaba saltado. Arriba de la ducha había una ventana de respiración que estaba siempre abierta, como todas las ventanas de mi casa, y que daba directo al techo de la casa de nuestros vecinos. Cuando me sentaba en el inodoro, yo no podía sacar la vista de esa ventana abierta por temor a que alguno de ellos hubiera subido y estuviera espiándome. El inodoro no estaba ubicado de frente a esa ventana, sino de costado, así que para controlar que no hubiera nadie no sólo había que levantar la cabeza sino también girarla de costado, en una torsión incómoda para las circunstancias.

Sin embargo, el elemento determinante del baño de mi casa, lo que lo hacía totalmente diferente a cualquier otro que yo hubiera visto, era la puerta: de madera hasta la altura de los hombros de mi padre y luego de vidrio, un vidrio trabajado que no era liso ni transparente sino que dibujaba bajorrelieves sin forma definida, pero que aun así permitía traslucir las siluetas. Si alguien se metía dentro del baño, yo lo sabía inmediatamente por la luz encendida que se veía a través del vidrio. Pero el problema no era ver la luz. Cuando el que entraba era mi padre, aunque hubiera cerrado la puerta, cosa que no siempre hacía, yo sabía de todos modos si estaba sentado en el inodoro o parado frente a él, orinando. Si la que entraba era mi madre yo no podía deducir qué hacía porque, como casi todas las mujeres, ella se sentaba en el inodoro. Si entraba mi hermano tampoco, porque no llegaba a la altura donde comenzaba el vidrio. Pero si entraba mi padre, sí. Yo era testigo cuando él estaba parado frente al sanitario, agarrando su pene, orinando, o incluso sacudiéndolo una vez que terminaba. Aunque a través del vidrio sólo viera parte de su perfil, de sus hombros hacia arriba. Si luego su silueta desaparecía por un instante, me imaginaba que había ido a la pileta a lavarse las manos. Si no, si aún con su cabeza dibujada detrás del vidrio él apagaba la luz y abría la puerta, sabía que no lo había hecho. Y me resultaba injusto, ¿por qué yo tenía que saberlo?, ¿por qué tenía que ser testigo también de eso? Alguna vez le pregunté a mi madre quién había elegido esa puerta para el baño. "El constructor", me respondió, "para que entre más luz". Y yo desprecié a ese constructor que pensó en la luz del baño y no en mí.

Pero a pesar de la prepotencia que significaba el cuerpo de mi padre, nuestros cuerpos, el sexo y hasta el amor eran temas prohibidos. Y aunque parecía que en mi familia se podía hablar de cualquier cosa, esa máxima no se extendía a las emociones, a los deseos, a lo carnal. No nos tocábamos, no nos besábamos. La televisión era uno de los pocos instrumentos que rompía con esa censura dejando que se filtraran en mi casa algunos besos. Siempre que mi padre no estuviera mirando con nosotros. Si mi hermano y yo estábamos frente al aparato, y en el programa que veíamos un hombre y una mujer se besaban, mi padre cambiaba automáticamente de canal. O apagaba el televisor. Sólo se salvaban los besos cortos, secos y rápidos, aquellos que no le daban tiempo de levantarse, estirarse sobre la heladera hasta alcanzar la perilla del aparato y hacer que el beso se evaporara. La acción de mi padre dejaba una sensación interrumpida, interceptada en el aire allí donde había quedado ese beso, en el lugar que entonces nos resultaba tan difícil de entender: aquel por donde viajaba una imagen hasta meterse dentro del aparato de nuestra cocina. Y la operación de apagado venía acompañada de chasquido de labios de mi padre, meneo de cabeza y frases entrecortadas pero que debían decir algo parecido a "qué barbaridad".

Se interrumpía el beso. Se interrumpía la historia que nos estaban contando. Sin embargo beso y relato no eran lo único que quedaba a medio camino: había algo que también se interrumpía dentro de mi padre cuando hacía que ese hombre y esa mujer que juntaban sus labios se fueran de nuestra casa, se evaporaran, se fundieran en otra imagen o incluso en una pantalla negra. Yo no sabía qué, pero el corte dentro de él, el abismo, era evidente. Algo que seguramente se había interrumpido dentro suyo mucho tiempo antes de que apareciera aquel beso en la pantalla. Lo que fuera, que lo obligaba a levantarse y cambiar de canal.

El verano se acababa. Y con él la venta de turboventiladores. Mi padre empezó a barajar posibilidades con las que afrontar los meses intermedios hasta la llegada de la temporada de estufas y radiadores. Aunque el calor se extendiera más allá del otoño ya nadie invertiría en apaciguar temperaturas que, indefectiblemente y a corto plazo, descenderían.

Para mí y mis amigos el fin del verano tampoco coincidía con el equinoccio del 21 de marzo sino que llegaba antes, alrededor del 15, cuando la inminencia del comienzo de las clases marcaba el final de la temporada de pileta. A contramano de lo previsible, los últimos días íbamos con desgano al club, si se vencía la revisación ya no la renovábamos, incluso hasta teníamos el atrevimiento de faltar algunos días, como si de tan enojados quisiéramos demostrar que no nos afectaba, que si tenían que empezar las clases que empezaran, que había espaldas para soportarlo. Perdíamos tardes enteras eligiendo útiles escolares, probándonos guardapolvos o uniformes según el colegio al que íbamos, comprando zapatos o encogiendo los dedos para que entraran en los del año pasado, forrando libros y cuadernos. Finalmente llegaba el día y nuestras obligaciones anuales comenzaban otra vez. ¿Sería solución ser grandes?, ¿crecer significaría por fin liberarnos y hacer lo que queríamos? Mirábamos a nuestro alrededor y no veíamos que los adultos que nos rodeaban hubieran encontrado la forma de lograrlo.

Cuando empezaban las clases, oficialmente era mi abuela quien me despertaba cada mañana para ir al colegio; a mi hermano, que entraba un poco más tarde, lo despertaba yo antes de irme. Como mi abuela no vivía con nosotros sino en la casa contigua, ella no podía llegar hasta mi cama y moverme o hablarme al oído para que me despertara como yo suponía que hacían las madres al levantar a otros niños cada día. Ella venía por los fondos, pasaba por un hueco en la ligustrina, atravesaba el patio de mi casa, llegaba hasta mi ventana, golpeaba con los nudillos la persiana de madera que temblaba contra el vidrio, y recién se iba cuando yo le respondía y ella tenía la certeza de que no me quedaría dormida otra vez. Mi madre decía que me despertaba mi abuela y no ella porque el despertador que había en mi casa, el mismo que mi padre usaba para cronometrar cuando me hacía correr dando vueltas a la manzana, hacía mucho tiempo que estaba descompuesto y no le sonaba la campanilla. Argumento que le permitía a mi madre seguir durmiendo hasta las once de la mañana. Una excusa que ni ella creía: comprar un despertador no habría sido un gasto oneroso ni siquiera para una familia como la mía, que se aferraba con uñas y dientes a la clase media. En cambio todos sabíamos que mi mamá tenía un problema con el sueño y que no consistía en el clásico insomnio sino en todo lo contrario: dormir como un lirón en las circunstancias que fueran. Ya desde chica supe la historia de aquel día en Mar del Plata, cuando veraneaban mis abuelos, mi padre y ella sin que todavía estuvieran casados, en habitaciones separadas, todo a cargo de mi papá que por ese entonces era un exitoso gerente bancario. Mi madre y mi padre discutieron en la playa como seguirían haciéndolo a lo largo de su matrimonio, y mi madre se fue al hotel muy enojada. Un poco después volvieron todos y en distintas oportunidades la llamaron a su habitación sin tener respuesta. Golpearon a la puerta varias veces, mi madre no respondió. Se consultaron unos a otros para ver si alguien sabía de ella, pero nadie sabía. Las horas pasaron y finalmente en conciliábulo familiar decidieron pedirle al conserje que abriera la puerta. No fue fácil, del otro lado mi madre había dejado puesta su llave, lo que hacía imposible introducir otra desde el pasillo. Alguien tiró la frase: "No habrá hecho una estupidez esta chica, ¿no?". Entonces decidieron romper la cerradura. Ni aun así "esta chica" se despertó, dormía plácidamente sin haber tomado sustancia alguna más que su enojo.

Para llegar a mi persiana y golpearla, mi abuela tenía que pasar por delante de la ventana de la cocina, donde cada mañana mi padre tomaba mate desde mucho antes de que fuera la hora de despertarme. Nunca nadie se tomó el trabajo de explicarme por qué no era él quien me llamaba. Nunca yo pregunté. Tal vez se basaba en un reparto de tareas en el matrimonio de mis padres, expreso o tácito, en el que la tarea de despertar a los hijos le correspondía a mi madre y que, ante su ausencia, ejercía mi abuela.

Lo cierto es que no sólo mi padre hacía rato que estaba despierto. Para la hora en que mi abuela golpeaba en la persiana, yo también lo estaba. Su tos interrumpía mi sueño cada mañana, la tos de mi padre. Ni bien ponía la pava al fuego, ya empezaba a toser. Esperaba que el agua hirviera sentado junto a la mesa de fórmica verde mirando a través de la ventana por donde un rato más tarde vería pasar a mi abuela. Tosía, con distintos tonos, pero cada vez con más intensidad. Primero carraspeaba, después tosía seco hasta que de tanto hacerlo conseguía que la mucosidad empezara a aflojar. De todas sus formas de toser, era la que más me molestaba, la que me dejaba imaginar las flemas y los mocos subiendo y bajando por su pecho. La tos que inevitablemente terminaba con un gargajo en ese único baño del chalet de tres ambientes donde vivíamos. La que después de semejante esfuerzo traía como premio la calma, el silencio apenas interrumpido por el silbido del agua en ebullición o el sorbido de la bombilla.

Todos sabíamos que mi padre tosía tanto porque fumaba dos atados de cigarrillos por día. En aquel entonces el "tose porque fuma" era una aclaración, una explicación de causa y efecto, pero aún no se había constituido en un motivo de grave preocupación por los pulmones y la salud general de quien tosía. Mi padre fumaba dos atados de cigarrillos por día pero hacía gimnasia todas las tardes, jugaba al tenis largos partidos y ganaba, tenía un cuerpo de músculos trabajados que no lucían hombres mucho más jóvenes que él, entonces no había de qué preocuparse, su salud estaba garantizada. Años después los médicos nos explicarían que compensaba tanta nicotina con un agrandamiento de los pulmones que le permitía respirar sin aparente dificultad pero que hacía que su corazón funcionara el doble de lo necesario. O más. Lo que fallaría entonces, el día de su muerte, no serían los pulmones sino el corazón. (20)

Pero en ese verano que ya casi terminaba, mi padre aún representaba el rol de hombre atlético, deportivo y sano. Fumaba Viceroy, y cuando no se consiguieron más pasó con resignación a los LM. Mi madre fumaba Jockey Club. Yo intuía que había una declaración de principios en eso de fumar distinta marca, de no poder aceptar un cigarrillo del atado del otro porque "yo no fumo de ésos". O una declaración de guerra, como tantas otras entre ellos. Mi hermano y yo detestábamos que fumaran. Mi madre fumaba mucho menos y jamás delante de mis abuelos, a quienes había que ocultarles que lo hacía. Odiábamos el olor a cigarrillo que invadía la casa, los puchos apagados en las sobras de comida de un plato o en los restos de café en un pocillo. Mi padre tenía el dedo mayor manchado de nicotina. Cada tanto, usaba inútilmente una boquilla con la ilusión de que así no se seguiría manchando. Pero lo único que lograba era agregarle detalles a la ceremonia del cigarrillo y aportar un elemento más que andaba dando vueltas por la casa. Yo fumé una vez, a escondidas, en el lavadero. Saqué un Jockey Club del atado de mi mamá, no me habría atrevido a sacar uno del atado de mi padre porque estaba segura de que él se habría dado cuenta ni bien lo mirara. O ni bien me mirara a mí. Lo fumé entero, a disgusto, para demostrarme que podía hacerlo si quería, para demostrarme que no me gustaba. Y que yo nunca tosería por las mañanas ni tendría mi dedo mayor teñido de color ocre.

Poco después de que empezaron las clases, un miércoles en que me había levantado un poco antes porque tenía prueba de Geografía y siempre me gustaba repasar hasta último momento, mi abuela no golpeó mi persiana sino la ventana de la cocina donde mi padre tomaba mate y tosía. El ruido fue muy distinto, los nudillos sobre el vidrio tienen un repiqueteo muy diferente al golpe seco sobre la madera. Pero yo sabía que era ella. Desde la cama, me imaginé a mi padre mirándola con cierta extrañeza, levantando la cabeza y bajándola haciendo ese gesto que intenta decir: "¿Qué quiere?". Ni siquiera con gestos mi padre y mi abuela se tuteaban. Y me imaginé también a ella pidiéndole a mi padre con otro movimiento de cabeza que le abriera y a él haciéndolo, porque oí crujir su silla, desplazarla sobre el mosaico de la cocina, girar la llave en la cerradura, chirriar las bisagras al abrir la puerta.

Pero no pude escuchar qué le decía mi abuela ni qué le contestaba mi padre. Luego la puerta que se cerraba, la silla que arañaba el mosaico otra vez. Y un golpe, quizás el puño cerrado de mi padre sobre la mesa, porque también escuché el tintinear de la pava que oscilaba sobre el plato donde él la apoyaba si estaba muy caliente. Se pelearon, pensé. Pero por qué, y tan temprano. Me extrañó que aun peleados ni él ni ella vinieran a despertarme para ir al colegio. Entonces me levanté y fui hasta la cocina. Mi padre se cebaba un mate con una mano mientras se frotaba la cara con la otra. No me vio y me acerqué. Al verme se sobresaltó. No dije nada, esperé un instante a que él contara qué había pasado. En dos o tres oportunidades pareció que iba a hacerlo, suspiraba como si detrás de ese suspiro viniera un relato. Pero el relato se moría dentro de él antes de salir de su boca. O él lo mataba. "Andá a dormir", dijo por fin. "¿No hay clases?", pregunté, no entendía. "Lo hicieron", dijo más para él que para mí, " finalmente lo hicieron", y golpeó sobre la mesa con el puño cerrado pero ahora casi sin fuerzas, como un compás, tres o cuatro veces. Un golpe repetido, inútil. Luego me miró y dijo: "Los militares sacaron a Isabelita". Y después volvió la vista a la

mesa y echó agua al mate aunque aún no había tomado el anterior. El agua verde rebalsó y corrió sobre la
fórmica; mi padre no se ocupó de limpiarla. Antes de
regresar a mi cuarto, le pregunté: "¿Pero a vos te gusta Isabelita?". "Menos me gustan ellos", respondió él.

Después levantó la cabeza y dejó que la vista, por
fin, se le perdiera a través de la ventana de la cocina,
donde mi abuela extendía su quinta sobre el terreno
que no era de ella sino de mi padre.

Fue una suerte que mi abuela tuviera la costumbre de escuchar la radio todas las mañanas. (21) Algunas de mis amigas se enteraron de que habían declarado asueto recién cuando llegaron al colegio y una monja las mandó de vuelta. "A casa, a casa, que no hay clases", decía la hermana Lourdes parada en la puerta para que nadie entrara. Pero la monja no aclaraba los motivos. A pesar de la frase lacónica varias de mis amigas no necesitaron más explicaciones para pegar media vuelta y volver a sus casas, si te decían que no había clases uno agradecía y no preguntaba. Sobre todo si ese día había examen de Geografía y los fiordos suecos estaban bastante lejos de lo que nos interesaba a esa altura de nuestras vidas. Y cuando alguna preguntó, la hermana Lourdes no fue más clara sino más firme: "Vayan, vayan y pregúntenles a sus padres", dijo mientras movía las manos en el aire, con fuerza y velocidad, las palmas hacia las alumnas, como si las estuviera empujando de regreso, y la cabeza en un movimiento que podría haber sido un "no" aplicable a distintas causas: no pregunten, no entren, no me atosiguen. O no me gusta lo que tengo para decirles.

Pero incluso al llegar a casa, algunas de mis amigas todavía no supieron. Si en su familia no era costumbre comprar el diario como sí lo era en la mía, ni escuchar la radio como hacía mi abuela, sus padres se enteraron de que había caído el gobierno recién cuando llegaron a sus trabajos o salieron a hacer el primer mandado. En mi casa, ese día, desde muy temprano a la radio se le sumó el diario: mi padre, después de que mi abuela le dijera que los militares habían sacado a Isabelita, fue al kiosco que todavía estaba cerrado y esperó por su ejemplar hasta que abrió. Cuando oí que salía de la casa lo seguí hasta el portón, me preocupaba a dónde iría en un día como ése. Me preocupaba que estuviera afuera, en la vereda, sin haberse vestido, apenas con una remera gastada sobre sus calzoncillos tal como lo vio mi abuela esa mañana cuando le dio la noticia. El kiosco estaba a unos metros de mi casa, en diagonal, sobre la vereda de enfrente. Desde el portón de entrada podía ver a mi padre sin dificultad. Se había puesto un pantalón gris. Las manos en los bolsillos; balanceaba su cuerpo levemente hacia atrás y hacia adelante en un movimiento involuntario, casi imperceptible, que heredé de él para las esperas tensas por inquietud o por aburrimiento; la vista clavada en el piso; la tos, su tos, cada tanto. No lo oía toser, pero veía a mi padre llevar una mano a la boca y sacudir su cabeza hacia arriba y hacia abajo, agitar la espalda, limpiar la mano en la franela gris, y devolverla al bolsillo. Cuando el kiosquero pasó frente al portón de mi casa apurado por llegar a su negocio y me saludó, me sentí descubierta y entré corriendo a mi casa.

El golpe fue un miércoles de madrugada. Volvimos a tener clases el lunes siguiente. Las escuelas primarias ya habían retomado la actividad el viernes. "Vuelta a la actividad normal", dijeron en el noticiero, pero mis padres no mandaron a mi hermano al colegio ese día. El fin de semana lo pasé en mi casa sin hacer mucho más que mirar películas por televisión. Mi padre no

fue a jugar al tenis como hacía habitualmente los sá-
bados por la mañana. Cuando alguien llamó preguntando por él mi madre respondió: "Está resfriado". Mi
hermano pateó pelotas al arco que nunca atajó el ar-
quero invisible con el que se enfrentaba. Los cuatro
nos quedamos en casa. Estuvimos atentos a las noticias, más que de costumbre. El lunes fui hasta la escuela caminando, como todos los días. Unas cuadras antes
me alcanzó Mónica. Era habitual que nos encontrára-
mos, en mi recorrido yo pasaba por delante de su casa
y le tocaba el timbre si es que ella no estaba ya espe-
rándome en el portón de entrada. No era una norma
establecida pero se había hecho costumbre. En cambio
ese día seguí de largo y Mónica recién me alcanzó a
dos cuadras de la escuela. Corrió los últimos pasos
para llegar a donde yo estaba. "Te estuve esperando",
dijo. "Toqué timbre y no salió nadie", mentí. Respiró
profundo un par de veces para recuperar el aire que
había perdido en la corrida, "¿Viste lo que pasó, no?",
me dijo un rato después y yo respondí que sí. Pero
cuando la miré, Mónica sonrió y su sonrisa me hizo
dudar de si ella se refería a lo mismo que yo estaba pensando. Entonces agregó: "Por fin se va a conseguir papel higiénico", y esa afirmación me desconcertó aún
más. ¿Qué tenía que ver el papel higiénico con el golpe militar? Me lo pregunté en serio, creí que no entendía por un error mío, porque me estaba faltando un
dato. Pero no le pregunté a Mónica, ni tampoco pregunté a lo largo de la mañana cuando volví a escuchar
hablar del papel higiénico varias veces más.

En los recreos no noté diferencia con respecto a
un día cualquiera. Nos poníamos en ronda para conversar, hablamos de chicos, de lo que habíamos hecho

el fin de semana, compramos el pebete de salame de cada primer recreo o el alfajor Capitán del Espacio según la preferencia por lo dulce o lo salado de cada una. Yo volví a mentir cuando me insistieron acerca de qué había hecho en el fin de semana: fuimos a visitar a una tía, dije. De vez en cuando alguien sacaba el tema de que habían echado a Isabelita pero los comentarios de ninguna de mis amigas trasmitían la preocupación que había en mi casa sino todo lo contrario, casi todas las frases terminaban en un chiste. Y aparecían en la conversación algunas otras cosas que, como el papel higiénico, ya no faltarían: aceite, azúcar y orden.

Me refugié en el silencio, como tantas otras veces antes y después de ese día. No se me ocurrió pensar entonces que a lo mejor alguna otra también callaba. Creía que yo era la única distinta, la que no encajaba. Yo y mi familia. Entonces el silencio me protegía, hacía que pasara desapercibida, me ponía a salvo, pero también me pesaba, se me montaba sobre los hombros como una carga con la que era difícil andar. Sentía que mis amigas cada tanto me miraban esperando que dijera algo. Intenté hacerlo, pero no sabía qué. Ellas tenían una esperanza, la más equivocada según mi padre, la más ignorante. Una esperanza cómplice, aunque no lo supieran. En cambio yo no tenía nada, ninguna otra para ofrecer a cambio. Mi padre detestaba a los militares, Isabelita le parecía una inoperante y las elecciones de unos meses después no se presentaban como un escenario posible. (25) Él sabía lo que no quería, pero no tenía una alternativa para ofrecer. Entonces yo tampoco la tenía para mis amigas. Tal vez no la había. "Peor que los militares, nada", decía. Entonces nada. A veces, ser inteligente, como lo era mi padre, no es negocio.

Uno necesita convencerse de que algo va a estar bien. "Por fin los militares van a poner orden", dijo Mónica. "A mí los militares me dan miedo", me encontré diciendo en medio de mis amigas, casi sin pensar. "¿Miedo?", preguntó ella con un tono que yo no podía definir si era de espanto o de subestimación. "¿Sabés el desastre que pueden hacer los subversivos si no nos defienden los militares?", me preguntó, aunque no parecía que le importara mi respuesta sino lo que enunciaba más allá de los signos de interrogación, y tuve la sensación de que a Mónica hablar de "subversivos" la hacía sentir importante, como si fuera más adulta que nosotras. Al menos más adulta que yo, que no terminaba de entender si subversivos era una buena o una mala palabra, y por qué en mi casa no los llamaban así sino guerrilleros. "¿No escuchaste que pusieron una bomba en un colegio y mataron a un montón de chicos?", dijo. "¿En cuál?" pregunté. "En uno", me respondió, "Sí, yo también escuché eso, y no fue en uno, fue en varios", dijo otra de mis amigas. "¿Nos tomarán igual la prueba de Geografía?", dijo alguna y todas entraron en el aula.

Cuando terminaba nuestro recreo empezaba el de primaria. Por lo general no nos cruzábamos, pero ese día el tiempo corría más lento, o yo iba más lento en ese tiempo que marcaba el ritmo de los otros. Lo cierto es que quedé rezagada del resto del grupo y me crucé con los chicos de sexto grado que avanzaban hacia el patio. Los acompañaba la señorita Julia. Verla me produjo una puntada en el estómago. Se borraron de mi cabeza Isabelita, el papel higiénico y los subversivos de Mónica que ponían bombas en los colegios para matar chicos, y volvieron el club, la cancha de tenis y la canción de Gian Franco Pagliaro. La miré de reojo, prefería no tener que saludarla. Se la veía ausente, algo perdida, cumpliendo con su deber pero pensando en otra cosa. Cuando pasó junto a mí no pude evitar levantar la vista. La señorita Julia también me estaba mirando, sentí que en su mirada había cierta complicidad, como si ella y yo supiéramos algo que los demás no sabían, como si compartiéramos un código común. En ese momento no entendí y hasta me molestó esa sensación efímera que tuve, sentir que ella me ponía de su lado. Su lado no era mi lado, sólo podía asociarla con mi padre y con lo que yo había visto aquella tarde en las canchas de tenis del club. Y con lo que no había visto pero sospechaba. La dejé irse con sus alumnos y me apuré para llegar a la clase antes de que estuviera allí la profesora de Matemática, siempre puntual, llenando el pizarrón de ecuaciones. Pero al pasar por la sala de profesores me detuvo la directora, una monja de más rango que la que paraba a mis compañeras en la puerta el día del golpe militar o que la que nos vendía los pebetes y los alfajores en el recreo. La directora salía en ese momento en dirección contraria a la mía y, como si verme le hubiera salvado la vida, se detuvo, giró sobre sus pies y me dijo: "Corré a avisarle a la señorita Julia que tiene teléfono, decile que la llama el marido". El marido. Eso hice, fui otra vez al patio, llegué hasta donde estaba ella y dije: "La llama por teléfono su marido". Y aunque me moría de ganas de preguntarle si su marido seguía siendo su marido o ahora era su ex marido como decían por ahí, y si este llamado podía ser un reencuentro, una reconciliación y en ese caso un alivio para mí, no dije nada. La señorita hizo volver a los alumnos a la clase a pesar de sus protestas y, sin que yo supiera cómo, me arrastró con ellos. Ya dentro del aula les dijo que sacaran el manual y repasaran la lección que les tomaría ni bien regresara, y luego se dirigió a mí: "Quedate mirando a los chicos un minuto", y se fue a atender el llamado. No fue una orden, más bien un pedido, pero sin dudas algo a lo que no me podía negar. Y entonces ahí me quedé, parada frente a treinta chicos de once años que seguían enojados porque su recreo se había cortado abruptamente. No sabía dónde ubicarme, si junto a la ventana, si delante del pizarrón, o simplemente permanecer en el lugar en que había quedado, junto al escritorio de la señorita Julia. Y como no podía tomar una decisión, me quedé ahí mismo y empecé a balancearme hacia adelante y hacia atrás como hacía mi padre, hasta que uno de los chicos me pidió que me quedara quieta porque mi movimiento lo distraía. Me puse colorada, no era algo que me sucediera con frecuencia, pero aunque no podía ver mi cara lo supe por el calor que la invadió. Para disimular fui hasta la ventana y me puse a mirar la calle de espaldas a los alumnos. Después de un rato que me pareció interminable, la señorita Julia volvió. Se le notaba que había llorado, no en los ojos sino en la nariz, de donde todavía le goteaba un poco de agua. Y ese llanto me robó las esperanzas de que una reconciliación con su marido la alejara de mi padre.

Sin embargo, pocos días después el marido de la señorita Julia volvió a la casa que habían compartido. Ya no trabajaba en el banco, ni siquiera salía de esa casa. Algunos vecinos dudaban de que verdaderamente estuviera detrás de la cortina. Hasta la noche en que lo vieron salir.

Una de las pocas veces que oí hablar a mis amigas de que los militares se habían llevado a alguien fue cuando entraron a la casa del doctor Arroyo y se lo llevaron a él y a toda la familia. Pero para cuando mis amigas hablaron de eso, los Arroyo ya habían reaparecido, entonces ellas contaban la anécdota no porque estuvieran preocupadas sino porque les confirmaba lo que querían creer: que si no estabas metida en nada "raro" te devolvían. Ese día se llevaron también a la secretaria que atendía el consultorio, Silvina Candiotta, la mejor nadadora de pecho del equipo de Poldo. Y el mejor culo de Burzaco y sus alrededores, según decían los varones, aseveración enfática que ninguna de nosotras se habría atrevido a contradecir. A ella la conocíamos bien, en cambio yo no conocía al doctor Arroyo. Sí a uno de sus hijos, José Luis, el menor de esa familia pero unos años más grande que nosotros. Vivían en Adrogué, y aunque vivir en Adrogué era bien distinto a vivir en Burzaco, los que teníamos más o menos la misma edad nos conocíamos todos. Además, unos años atrás José Luis había hecho la suplencia de la profesora de música de mi colegio y para un acto patrio había logrado que cantáramos "Alfonsina y el mar", alcanzando agudos a los que llegábamos con voluntad e inconsciencia. Nos habíamos enamorado un poco de él y cuando tocaba en su guitarra los primeros acordes que precedían a que nosotras gritáramos "por la blanda arena que lame el mar", el mundo se reducía a las pocas elegidas que cantábamos en el acto y a las manos del hijo del doctor Arroyo deslizándose sobre las cuerdas de su guitarra.

Que entre los que se habían llevado estuvieran Silvina Candiotta y José Luis quería decir que podíamos estar cualquiera de nosotros. O al menos eso quería decir para mí, no sé si para mis amigas. Yo tenía la sensación de que ellas se sentían a salvo y que si alguna se sentía vulnerable, callaba como yo. "¿Por qué se los llevaron?", pregunté. "Porque en el consultorio había un póster del Che Guevara", me respondió Mónica. "También, quién le manda tener un póster del Che Guevara, es como decirle a todo el mundo que sos comunista." Decirle a todo el mundo que sos comunista, exactamente lo contrario a lo que yo hacía: ocultarle a todo el mundo que mi padre lo era. ¿Lo era? ¿Podía alguien tan individualista como él ser comunista? No militaba, no estaba afiliado al partido, no se juntaba ni siquiera cada tanto con otros que pensaran como él. Alguna vez que le pregunté a mi madre si de verdad mi padre era comunista, ella me contestó: "Dejalo que se lo crea". Y él no sólo se lo creía, sino que además nos lo recordaba cada vez que podía. Un comunista declarado, enfático pero no practicante, la opción más absurda: correr los riesgos de decirlo sin haber hecho ningún acto heroico que justificase estar en peligro. Ni siquiera pegar un póster en la pared. Un comunista en calzoncillos.

Había escuchado hablar por primera vez del comunismo cuando estaba en cuarto grado. Antes de eso no sabía que existía. La maestra nos contó una historia que, al menos a mí, me dejó impresionada por el resto del día: en Alemania del Este una mujer embarazada iba todas las tardes al muro, se sentaba, se recostaba en él como si estuviera descansando o tomando sol, pero lo que hacía en realidad era escarbar en la pared con una cucharita de té hasta conseguir un agujero por donde nueve meses después pasar a su hijo "al lugar de la libertad". Así lo llamó mi maestra de cuarto grado. "Imagínense qué cosa es el comunismo para que una madre prefiera desprenderse de su hijo, tal vez no verlo más en su vida, antes de que crezca dentro de ese régimen", y aunque ninguno de nosotros conocía entonces ese uso de la palabra régimen, entendimos perfectamente lo que había dicho la maestra. Algunas compañeras lloraron, Mónica no lloró pero hizo como que lloraba. Se lo conté a mi padre en cuanto pude. "¿Qué lugar de la libertad? ¿El mundo capitalista es el lugar de la libertad para tu maestra? Dios mío, y cree que eso es ser una buena madre, cavar una pared con una cucharita y entregar a su hijo al capitalismo."

La contradicción entre mi mundo familiar y aquel al que pertenecía en cuanto pasaba la puerta de mi casa se presentó en claro conflicto por primera vez en esa anécdota contada por mi maestra de cuarto grado. Antes lo intuía, antes sospechaba que ciertas cosas era mejor no decirlas fuera de casa; ya desde hacía tiempo tenía la sensación de que mis padres, sobre todo mi padre, eran muy distintos a los que yo veía a mi alrededor. Pero ese día la anécdota del muro le dio una imagen a esa intuición, una historia, palabras, gestos, y ya no tuve dudas. ¿Tenía razón mi padre o tenía razón la maestra de cuarto grado que hasta ese día yo consideraba la mejor que me había tocado? No había mediador posible a quien preguntarle. No podían serlo mis amigas, a las que jamás les confesaría lo que opinaba mi padre del cuento de la maestra. Ni mi madre, que buscaría una respuesta de compromiso que no contradijera a mi padre. Ni mi hermano, lo suficientemente menor que yo como para no tener preocupaciones similares a las que yo padecía. Tendría que decidir por mí misma quién tenía razón. Pero eso sería unos años más tarde, por el momento y por varios años más se trataría de callar.

Fue recién en primer año de la secundaria que alguien me hizo la pregunta en forma directa. Nuestra profesora de historia, la "vieja" Berutti, explicó que en China había control de la natalidad y que no dejaban que cada familia tuviera más de un hijo. Yo no sabía nada de China, ni del régimen chino, ni del control de la natalidad. Pero se me ocurrió decirle a la vieja Berutti que si el alimento no alcanzaba para todos a mí no me parecía tan mal que se controlara la cantidad de gente por nacer. No sé si mi argumento era lógico o no, ni a qué ideología pertenecía. Nunca mi padre me había hablado de China, tampoco. Lo que dije es lo que pensé en ese momento, equivocada o no, desde lo que era: una chica de trece años. Ni siquiera tuve en cuenta que estaba en un colegio de monjas y que para la religión católica hay que aceptar "los hijos que Dios mande". Lo dije y punto, como decía tantas otras cosas. La vieja Berutti se me quedó mirando, no agregó nada por unos instantes, borró con exagerada lentitud el pizarrón de espaldas a nosotras y cuando terminó se dio vuelta, me miró, sonrió y, con un tono suave, ordenó: "Cuando empiece el recreo vení a la sala de profesores que te quiero hablar".

Fui, absolutamente ignorante de qué podía decirme. Me senté frente a ella, me esperaba en un escritorio donde no nos podía escuchar nadie. Me miró fijo, sonrió otra vez y largó la pregunta: "Decime, ¿tus padres son comunistas?". Me quedé helada; ésa, "comunista", era la palabra que yo sabía que no había que pronunciar. Nunca jamás decir que mi padre era comunista. Pero el miedo en lugar de paralizarme me hizo reaccionar y respondí. Dije que no. "No." Me habría gustado ser más enfática, actuar la sorpresa ante su pregunta, el desconcierto. Hasta incluso hacerme la ofendida: "¿Cómo se le ocurre, profesora Berutti?". Pero nada de eso pude hacer, apenas pude decir no. Un no claro, firme y seco, nada más que un no. Y esperar callada hasta saber si ese no había sido suficiente o si debía prepararme para otra pregunta. No hubo otra pregunta sino una aclaración, o una advertencia. "Yo sólo quiero saber por tu bien, para protegerte." Asentí, aunque nada de lo que me decía me resultaba claro. ¿Protegerme de quién? ¿De los que podían atacar a mis padres por sus ideas?, ¿de las ideas de mis padres?, ¿de mi padre? No lo supe entonces con certeza, pero con el correr del tiempo y de las horas de clase con Berutti, se me fue haciendo más claro.

Un póster del Che Guevara. ¿Con tan poco alcanzaba? Una semana después de que se los llevaron, devolvieron a la familia entera. Y a Silvina Candiotta. "¿Viste?, cuando la gente no tiene nada que ver, aparece", me dijo Mónica, lo mismo que seguramente le habían dicho en su casa. "¿Y Silvina?, ¿contó si le hicieron algo?" "No quiere hablar. Pero nada. Nada de nada le hicieron, está perfecta", confirmó Mónica. Y al rato, como al pasar y con tono de "a mí me lo dijo pero vos no digas una palabra", agregó : "Un par de veces dice que la sacaron del sótano donde la tenían metida y le dijeron que ya habían matado a sus padres, primero a uno, después al otro, que quedaba su hermana viva, y que contara todo lo que sabía porque si no la mataban también. Ella no tenía ninguna cosa para decir. Lo hicieron varias veces hasta que se quedaron seguros de que no mentía. Así que después le aclararon que estaba todo bien, que los iban a dejar ir. Nada le hicieron, ni a ella ni a ninguno".

"Los que no tienen nada que ver aparecen", le conté a mi padre que decía Mónica. Esa vez movió la cabeza reprobando pero no agregó palabras a su gesto. Sin embargo no se olvidó de la frase de mi amiga y tiempo después, cada tanto, incluso cuando ya habían pasado otros veranos, la citaba con ironía : "Los que no tienen nada que ver aparecen". Y luego agregaba detalles: "Algunos aparecen pero flotando boca abajo en la costa de Quilmes, avisale a Moniquita". Él sabía que yo no se lo iba a decir, y yo sabía que no lo decía para que se lo trasmitiera a mi amiga. Me lo decía a mí. Me advertía sobre lo que pasaba. De algún modo yo sentía que el mensaje no era sólo ése, que también me hablaba de los que para él eran ignorantes, de los crédulos. Pero sobre todo de los que miraban para otro lado, de los que no querían ver. "Algunos no es que no quieran ver, no pueden", decía mi mamá, que tenía una postura más compasiva. "Si no pueden ver que vayan al oculista", remataba él y se cerraba el tema. Y yo tenía que elegir entre parecerme a esos que por la causa que fuera no veían o a él, a mi padre. Pertenecer o ser distinta. Lo que en mi caso era una trampa: agradarle a él o agradarles a mis amigas, que me quisiera mi padre o que me quisieran ellas. Quedarme huérfana o quedarme sola. Yo quería ser como mis amigas, a muchas de ellas las admiraba. "Nadie te dice que no las quieras, sólo que no pienses como ellas, y menos como sus padres." Trampa. Mi padre creía que yo estaba destinada a ser distinta, y apuntaló esa idea desde los lugares menos pensados. Por eso, porque me creía y me quería distinta, no me dejaba ir a corte y confección como iban todas: "Vos vas a tener un buen trabajo, te vas a comprar tu propia ropa". O me advertía que ni se me cruzara por la cabeza estudiar magisterio: "Si no fueras mujer, hasta podrías llegar a ser presidenta de la República".

"Cuando hay sudestada se ve lo que no quieren ver, se retira el agua y deja los muertos, contale a tu amiga." Esa noche soñé con una playa, ancha, vacía, ventosa, y el agua en bajamar que se alejaba de ella. Era muy raro que soñara con bajamar, desde chica tuve pesadillas a repetición con el agua que subía e inundaba el lugar donde yo estaba en ese sueño, fuera la costa o la plaza de Burzaco. Sin embargo esa noche no, esa noche fue todo lo contrario, el agua se alejaba y lo que quedaba sobre la arena no eran muertos sino zapatos, zapatos sueltos que no lograban armar un par. Jamás le conté ese sueño a nadie. Tenía miedo de que quien lo escuchara pudiera concluir que soñaba lo que soñaba porque mis padres o yo éramos comunistas. No sabía por qué, no sabía si era sensato sentir miedo, no sabía si una playa con zapatos podía tener que ver con el comunismo o no. Pero no iba a tratar de comprobarlo.

Ya no me sentía segura ni siquiera de contar mis sueños.

Abril pasó sin pena ni gloria. (26) Aunque era el mes de mi cumpleaños y del aniversario de casados de mis padres. No recuerdo que ellos lo hayan festejado jamás, ni que se hicieran regalos. Ni siquiera recuerdo en ese día un beso especial delante de nosotros. Yo, por mi parte, desde unos años atrás no festejaba el mío. En aquel cumpleaños familiar, el último, cuando cumplí los once, además de los hermanos de mi madre con los que nos reuníamos cada domingo en el almuerzo que preparaba mi abuela, estaban mis tías paternas, a las que sólo veíamos en festejos como ése. En algún momento de la reunión mi madre empezó a discutir con una de ellas por cuestiones políticas que yo no llegaba a entender. Lo único que intentaba era decodificar el tono y la violencia con que volaban esas palabras de una a la otra. Y los cortos silencios. Cuando por algo la discusión se detenía, al reanudarse, en lugar de bajar la intensidad como yo esperaba que sucediera para que el cumpleaños volviera a la calma otra vez, los gritos reaparecían con mayor virulencia. Me quedé allí, escuchando, hasta que comprendí que esa lucha de palabras no tendría fin, que yo no entendía por qué peleaban porque discutían también acerca de cosas que no decían, de rencores desbordados, y entonces me fui a esconder en la casa de mi abuela. Recé, todavía rezaba, pedí que cuando yo saliera mi madre y mi tía ya se hubieran amigado. Que por favor, diosito, se hubieran arreglado; que por favor, diosito, hacelo por mí. Era mi cumpleaños, y no me importaba que no sopláramos las velitas, ni que se hubiera arruinado esa fiesta de mis once años, sino la sospecha de que la pelea de mi madre y la familia que le quedaba a mi padre arruinaría todos mis cumpleaños por venir. Esa pelea siempre iba a tener que ver conmigo: si yo no hubiera cumplido años ese día o si no lo hubiera festejado, mi tía no habría venido, mi madre no habría discutido con ella, la discusión no habría ido de mal en peor y nada de lo horrible que estaba pasando habría sucedido.

Pero aquel diosito nada hizo. Los gritos me llegaban tan potentes como si aún estuviera en la cocina de mi casa y no en el comedor de mi abuela. Me quedé quieta, parada en la mitad de esa habitación, con las manos en los bolsillos, mirando mis zapatos. Me balanceaba hacia adelante y hacia atrás. El gato de mi abuela daba vueltas alrededor mío, pasaba entre mis piernas y volvía a dar vueltas. Sentí ganas de patearlo, no era momento para que ese gato estuviera molestándome, pero no se pateaban gatos y yo, todavía, no me atrevía a hacer cosas que no debían hacerse. Hasta que por fin, en algún momento del final de la tarde, las voces se calmaron y mi abuela apareció en la cocina de su casa: "Vení que vamos a soplar las velitas", me dijo desde allí. La miré pero no pude moverme. "Vení", volvió a decir, dio unos pasos y me extendió la mano. Atravesamos el patio juntas y entramos en mi casa. El aire parecía irrespirable. Estaban todos parados alrededor de la mesa de la cocina, esperando que yo llegara. Cantaron un feliz cumpleaños apagado, mis tías tenían los abrigos y las carteras colgando del brazo; soplé las velitas, aplaudieron y se fueron.

Las hermanas de mi padre, los únicos parientes que quedaban vivos de los pocos que tuvo, nunca más volvieron. Y yo nunca volví a oír hablar del asunto. Pensé que cuando pasara el mal momento, mi padre le daría la razón a mi madre porque en cuestiones de política ellos siempre estaban del mismo lado. Pero como había intuido en medio de los gritos, no sólo se discutía de política aquella tarde, y algo de esa pelea quedó siempre flotando en el ambiente, como una factura impaga que no se cancelaba. No oí a mi padre decir: "Por tu culpa no veo más a mis hermanas", por la culpa de mi madre, no la mía, que me pertenecía sólo a mí. Pero podría haberlo dicho. A pesar de que mi padre se unía a las esporádicas visitas de sus hermanas recién sobre el final de la tarde, cuando mis tías ya casi estaban por irse después de haber pasado horas con mi madre, mi hermano y conmigo. Incluso con mi abuela. Si hubiera sido tan importante para él podría haber seguido viéndolas fuera de nuestra casa, podría haber ido a visitarlas a Avellaneda, comer con ellas. Más aún, mi padre era el único que podría haber parado esa discusión aquel cumpleaños. Él sí habría podido. Y no lo hizo. Por tu culpa no vi más a mis hermanas significaba que mi madre le había dado el motivo perfecto para hacerlo, para no verlas más. Pero así y todo, la factura era reclamada cada tanto. En especial en las Navidades. A partir de ese cumpleaños, mi cumpleaños número once, mi padre no fue nunca más a las cenas de Nochebuena que se hacían en la casa de mi abuela. La versión oficial era que como no comía nada de lo que se preparaba para esa ocasión prefería quedarse solo en mi casa y recién aparecía cerca de las doce, cuando ya todas las copas estaban llenas de sidra para el brindis.

Era una excusa posible: que mi padre tenía demasiadas complicaciones a la hora de la comida lo sabía toda la familia. (27) Una excusa posible para todos menos para mí. Alguna vez le sugerí que se trajera el bife y lo comiera en medio de la comida navideña, pero jamás lo hizo. "Vos dejame a mí, que estoy bien así." Y podía ser que de verdad él estuviera bien así, incluso que mi madre lo estuviera, tan bien como ellos podían. Hasta mi hermano, que desde las ocho de la noche estaba preguntando cuándo llegaban los regalos como si ésa fuera su única preocupación, parecía ajeno a la ausencia de mi padre. Pero yo no, yo no estaba bien ni podía ocupar mi cabeza con la espera de ningún regalo. Me pasaba toda la Nochebuena pensando en él, solo, comiendo ese bife reseco en la cocina de mi casa, mientras todo el resto del mundo que conformaba mi familia —mi abuela, mi abuelo, mi madre, mi hermano, mis tíos y primos— se reía y comía matambre con ensalada rusa. Entonces, cada tanto, encontraba una excusa para ir hasta mi casa y ver cómo estaba. Y mi padre estaba ahí, masticando su bife quemado como una suela de zapato porque así era el punto de cocción que le gustaba, o fumando y tirando las cenizas sobre el hueso desechado y la grasa fría pegada al plato. O mirando en el televisor una película navideña repetida hasta el hartazgo. Serio, callado, enojado, yo entraba a buscar algo y él me miraba con el ceño fruncido como si el enojo fuera también conmigo. Y lo era, pero no porque mis tías se hubieran ido un día en que se festejaba mi cumpleaños y no hubieran vuelto nunca más, sino porque mi padre estaba enojado con el mundo y yo formaba parte de él. Un mundo en el que a las doce de la noche del 24 de diciembre se levantan las copas y se dice: ¡Feliz Navidad!, entonces, poco antes de que eso sucediera, yo volvía a buscarlo. Recién en ese momento se ponía un pantalón digno y cruzaba a saludar a la familia de mi madre. Brindaba, comía nueces y almendras, recibía los pañuelos o la colonia Old Spice que le había tocado ese año, pero casi no hablaba. Y al rato se despedía y se iba a dormir.

En abril del 76 tampoco festejé mi cumpleaños ni mis padres su aniversario, pero de eso no tenían la culpa los militares. En cambio las reuniones por la Reivindicación del Monumento a la Bandera siguieron su curso casi sin contratiempos. "Cambiaron una figurita por otra", dijo mi padre. Detenida Isabelita e instalada en el Messidor, en La Angostura, la preocupación ahora era cómo llegar a Jorge Rafael Videla. "No va a ser difícil" , dijo Bengolea, "todo lo contrario, yo me ocupo".

Antes de lo habitual, ya desde fines de abril, nos empezaron a hacer practicar la marcha que haríamos en el desfile del próximo 20 de Junio alrededor de la plaza y del monumento. Durante muchos años el desfile principal en el pueblo fue el 9 de Julio, pero ante las circunstancias y por gestiones de la Comisión para la Reivindicación del Monumento, ese año todos los esfuerzos estaban puestos en el Día de la Bandera. Nos sacaban cada día a la calle, elegían aquellas poco transitadas que bordeaban los fondos del colegio y, durante una hora diaria, marchábamos. Primero formábamos de mayor a menor para determinar el orden por altura, adelante las más altas, atrás las más bajas. Y luego nos dividían de a cuatro. Al frente de las escuadras se ponía una profesora de Educación Física que empezaba la marcha mirándonos a nosotras y, por lo tanto, de espaldas al lugar hacia el que nos dirigíamos, para poder así señalarnos los errores. Marcaba el ritmo de nuestros pasos agitando un brazo en el aire como si dirigiera una orquesta. Primero hacíamos una marcha falsa en el lugar, sin avanzar. Movíamos un pie y el otro en el aire pero lo bajábamos en el sitio exacto donde cada pie había subido. La profesora repetía varias veces, todavía con un tomo suave: "Izquierda derech, izquierda derech", sin llegar a pronunciar la última a, hasta que en el momento en que creía que estábamos listas agregaba el "de freeeennnnnteee, ¡march!", y entonces empezábamos a avanzar. Ella hacía unos pasos con nosotras y luego bajaba a la altura de las escuadras para mirar de costado cada hilera y comprobar desde esa posición si el movimiento conjunto dejaba ver una sola pierna que subía y bajaba, aunque fuéramos cuatro. Si alguna iba con la pierna derecha cuando correspondía la izquierda o viceversa, la solución era un pequeño salto en el aire que permitía cambiar de pie y retomar la marcha con el correcto.

También durante las prácticas, una vez que lográbamos marchar con cierta coordinación, se fingía que algún árbol, o el pilar de una casa, o un auto estacionado en algún sitio conveniente, era el palco donde estarían las autoridades el día del desfile. Entonces, cuando pasábamos frente al supuesto palco, la profesora gritaba: "¡Viiistaaa al paaaaaalco!", y nosotras, sin dejar de marchar en ningún momento, girábamos la cabeza y mirábamos en la dirección pedida. "¿No hay que llevarse la mano a la sien?", preguntó alguna de mis compañeras. "No, nosotras no", le respondió la profesora.

Por último teníamos que aprender la estrategia para doblar, que se lograba modificando el largo de cada paso según la posición que cada una tenía en la hilera. Si la profesora decía: "¡Giiiirooo a la dereeeechá....!", entonces la que estaba sobre la derecha, apenas movía sus pies, los subía y los bajaba casi en el lugar, pero rotando el cuerpo en la dirección pedida. En cambio la de la punta de la izquierda daba pasos grandes dibujando un semicírculo de izquierda a derecha. La vista siempre clavada en el hombro de la compañera para no separarse en ningún momento y perder el contacto físico. Hasta que las cuatro estábamos otra vez con la vista al frente, ese otro frente hacia el que teníamos que marchar, cuadradas en la misma dirección. Y cuando se escuchaba otra vez "de freeenteeee, ¡march...", volvíamos a avanzar. Un día me di cuenta de que no recordaba en cambio haber oído gritar nunca "¡giro a la izquieeeeerdaaaa!". En un descanso me acerqué y se lo pregunté a la profesora. Se quedó pensando un instante y luego me respondió: "El giro a la izquierda casi no lo practicamos porque en la plaza se marcha siguiendo la dirección de las agujas del reloj, y las agujas del reloj van siempre hacia la derecha". Pensé que la respuesta iba a quedar ahí, pero después de que habíamos marchado dos cuadras más, la profesora nos detuvo, me miró desde el frente, gritó "¡giro a la izquieeeeerdaaaaa", y mientras girábamos con un poco más de torpeza para ese lado que hasta ese día no habíamos practicado, me buscó con la mirada.

"¿Conseguiremos que nos venga a ver Videla?", me preguntó Mónica cuando volvíamos caminando por las calles de atrás de la escuela después de una práctica del desfile. No le respondí, esa misma mañana en

el desayuno mi padre me había dicho: "¿Vos no pen-
sarás desfilar, no?". "Si no voy me ponen la falta", le
contesté. "Te sobran las faltas, pichona", me dijo él, "la
resistencia, a veces, no se compone más que de pequeños actos", y se metió en el baño.

Bengolea dio la noticia en una de las últimas reuniones de la Comisión para la Reivindicación del Monumento a la Bandera, unas semanas antes del desfile: "El teniente general Videla no podrá estar con nosotros en el desfile del día 20 de junio porque, como todos sabemos, lo urgen cuestiones de importancia trascendental para el destino de la patria. Pero aseguró dos cosas que nos llenan de felicidad ya que son fruto del trabajo que hicimos entre todos en estos meses: enviará a alguien de su propio riñón a nuestro desfile y no irá él tampoco al acto de Rosario". Mi mamá le contaba a mi padre lo que a la vez alguien le había contado a ella. Si fueron las palabras exactas de Bengolea o el producto colectivo de lo que va de boca en boca, no lo sé. Pero mientras mi padre bufaba por la frase "el destino de la patria", yo me quedé atrapada por la imagen de esa parte de un riñón que vendría a vernos desfilar.

A mi hermano también le tocaba marchar con su escuela el 20 de Junio. Para él era más sencillo, si mis padres lo autorizaban a faltar, faltaba: para qué tomar frío, para qué levantarse temprano y dar vueltas alrededor de la plaza en un día feriado. Mi hermano era más feliz que yo, o eso me parecía. En mi caso, ir contra lo que debía ser, contra lo que los demás esperaban de mí, era algo que no me resultaba fácil. Porque a esa altura de la vida todavía creía que si hacía lo que los demás querían que hiciera, ellos iban a estar contentos. Y me iban a querer, que era en definitiva mi verdadero deseo. Pero "los demás" estaba escindido: era mi padre contra el resto de la humanidad. Mis amigas esperaban que yo desfilara, mis profesores esperaban que yo desfilara, mi abuela esperaba que yo desfilara. Hasta probablemente mi madre, si hubiera podido opinar sin tener en cuenta lo que pensaba mi padre, habría sido más explícita y habría dicho, cuanto menos, que si quería desfilar, desfilara. Mi padre no. Era él contra el mundo. Pero él tenía demasiado peso en ese mundo mío, lo que hacía que en cualquier competencia la balanza se desequilibrara a su favor.

Y entonces sucedió que unos días antes del desfile me comunicaron que por mis calificaciones había sido elegida para llevar la bandera ese 20 de Junio de 1976, a pesar de que no estaba en quinto año, requisito habitual para ser abanderada. Seguramente había otros motivos que yo en ese momento no llegaba a entender, porque además el colegio decidió que sólo desfiláramos los alumnos hasta tercer año. Cuanto más grandes, y más allá de que en mi colegio si hubo participación política no se notó, los alumnos tenían más posibilidades de militar y tal vez las monjas querían evitarse problemas o protegerlos o las dos cosas. Como fuera, yo había sido elegida para llevar la bandera. La monja directora me había felicitado delante de todos los alumnos de la secundaria en la formación de esa mañana y me entregaron una nota para informarles a mis padres. Cuando llegué a casa se la di a mi madre, mi madre la leyó y enseguida cruzó a la casa de mi abuela para mostrársela, mi abuela se la mostró a mi abuelo, mi abuelo se lo contó al vecino y a la tarde lo sabía toda la

cuadra. Menos mi padre. A él nadie se atrevía a decír-
selo. A la noche se lo conté yo mientras cenábamos.
"Vas a tener que elegir", me dijo él, y siguió comiendo. Me fui a mi cuarto antes del postre. Desde la cama
oí que mi madre le decía: "Aflojá, Gumer, es una chica, llevar la bandera el día del desfile no la hace cómplice". "A ella sí, porque entiende", respondió, y ya no
escuché más.

A la mañana siguiente mi padre me estaba esperando en la cocina con una caja de zapatos sobre la
mesa. "Vení, te quiero mostrar algo", dijo cuando
entré a prepararme el desayuno, y dio unos golpes en
la caja para que la notara. Me senté del otro lado de la
mesa, él levantó la tapa y sacó una libreta de adentro.
Al abrirla vi que tenía varias frases garabateadas con su
letra grande de imprenta mayúscula, pero no se detuvo en ellas todavía sino que fue directo a un recorte de
diario. Me dijo que era un aviso que había sido publi-
cado en el 71 en la sección "Campos y remates rurales"
de algún diario. Me hizo leer: *Selanu, Vigna y Yer rematan lo que queda de la estancia "La Argentina". Diri-
girse a Balcarce 50.* Cuando terminé de leer levanté la
vista y lo miré: mi papá sonreía como un chico. "¿Entendés?", me preguntó y se rió. Mi padre se rió. No
pude contestar, verlo así me detuvo un instante, quería que el tiempo no pasara, congelar esa sonrisa, ese
gesto feliz que pocas veces había visto en él. Pero insistió: "No entendés, ¿no?". Corrió la silla y la puso junto a la mía. "Mirá", dijo, y señaló en el recorte, "*Selanu*
es Lanusse al revés, *Yer* es Rey, y *Vigna* es Gnavi, la
junta militar que gobernaba antes de que volviera Perón. Alguien hizo esta joda, publicó los nombres al revés, el texto '*rematan la Argentina*' se entiende, y la

dirección, *Balcarce 50*, ¿sabés qué es?". "No", dije. "La Casa Rosada, pichona", me explicó y abrió la libreta otra vez. "Alguien se atrevió y los jodió", dijo y se volvió a reír como un chico que disfruta de una travesura. "Una jodita tonta, pero cómo me gusta. Yo quiero hacer algo así. No nací para ir a pelear a Tucumán, no tengo ese coraje. A esto sí me atrevo, a este pequeño acto de resistencia." Me acercó la libreta abierta: "Mirá", dijo, y me mostró lo que había escrito, distintas versiones de: *Lavide, Serama y Gostia eviscerán y rotizan pollos en Balcarce 50. Con o sin menudos.* En algunas versiones decía "matan y asan" en lugar de "eviscerán y rotizan", en otras "degüellan, despluman y cocinan al spiedo", en otras el orden de las sílabas de los integrantes de la junta era diferente. "La que más me gusta es ésta", dijo, y señaló la primera versión, "un poco más sutil, para que pase los filtros y lo publiquen sin que llame la atención". Otra vez se rió y mientras lo hacía me miraba como si esperara mi aprobación. Y como yo no decía nada, aclaró: "Lavide, Serama, Gostia, son Videla, Massera, Agosti". "Sí, papá, entendí, pero, ¿de verdad vas a publicarlo? ¿No es peligroso?" "Más que peligroso es caro", me contestó, "no tengo la plata, pero si la consigo...". Lo interrumpí: "¿Le contaste a mamá?". "No, no le dije", me contestó.

Le prometí a mi padre que pensaría cuál era la mejor versión del aviso. Y él me prometió que no lo publicaría sin decirme antes. Eso me daba un margen, podía no contárselo a mi madre mientras fuera sólo un deseo, mientras mi padre no pasara de su intención de pequeño acto heroico al hecho real, mientras yo no creyera que él se ponía en peligro. El aviso de mi padre me resultaba equivalente al cuadro del Che Guevara en la sala de espera del consultorio del doctor Arroyo. Pero yo no quería que me llevaran con mi familia para ver si sabía algo. ¿Qué era algo? Mientras el aviso no existiera más que en la ilusión de mi padre, no haría nada. Al fin y al cabo quién era yo para borrarle esa sonrisa que nunca antes había tenido.

Esa mañana, cuando caminaba hacia el colegio, decidí que lo mejor iba a ser que me enfermara el día del desfile. De esa manera no iría a la plaza el 20 de junio pero tampoco debería dar explicaciones en la escuela acerca de los motivos. Aunque nunca lo había hecho, sabía muy bien que el papel secante con vinagre debajo del brazo hacía levantar la temperatura y si eso no funcionaba siempre quedaba el recurso de acercar el termómetro a una lamparita y luego, cuando hubiera superado los 38 grados, enseñárselo a mi madre. Sin embargo, a veces las cosas no resultan como uno espera: ese día, cuando me iba del colegio, se acercó la señorita Julia, tenía mala cara, se puso delante de mí y esperó a que Mónica se adelantara para hablarme. Antes de hacerlo extendió la mano y me dio un sobre cerrado. El sobre estaba en blanco. No había remitente ni destinatario, pero ella no dejó dudas. "¿Se lo podés dar a tu papá?", me dijo. La odié, cómo se atrevía. "Es importante", agregó. ¿Importante para quién?, ¿para ella?, ¿para mi papá?, ¿importante para los dos? Asentí con la cabeza y me fui con el sobre sin decir nada.

Tomé otro camino para despegarme de Mónica. Necesitaba pensar. Decidir si le iba a dar ese sobre a mi padre o no. Decidir si se lo iba a decir a mi madre. Llegué a mi casa sin una respuesta. Fui a mi cuarto, quería encerrarme y estar sola, pero mi hermano leía una revista tirado en la cama. Me encerré en el baño. Bajé la tapa del inodoro y me senté. Finalmente abrí el sobre y leí la nota: "Creo que Juan y yo nos vamos a tener que ir unos días. Ojalá podamos volver pronto. Gracias por todo. PD: voto por la versión que dice eviscerados y rotizados".

Me quedé sin aire. Estuve un rato así, con la carta en la mano, sentada sobre la tapa del inodoro, tratando de respirar, apenas eso, tratando de que el aire entrara y saliera de mis pulmones. Mi madre no sabía de la ilusión de acto heroico de mi padre, pero la señorita Julia sí. Cuando sentí que la respiración estaba controlada, que otra vez mi cuerpo respondía y yo podía ocuparme de otros asuntos, me paré, hice un bollo con la carta, levanté la tapa, la tiré dentro del inodoro y apreté el botón de la descarga.

Me acosté, dormí y me desperté deseando que la señorita Julia no volviera más. Deseando que si, como le había intentado decir a mi padre en esa carta que terminó en el inodoro, ella se iba por un tiempo, ese tiempo durara lo máximo posible y ojalá para siempre. En definitiva, lo que yo deseaba era que la señorita Julia desapareciera. Y cuando pensé en que desapareciera pensé en que jamás volviera a irrumpir en mi vida ni en la de mi padre. No pensé en mi madre. Pensé en mi padre y en mí. Sólo en eso, que estuviera fuera de nuestras vidas. En nada más. Y lo pude pensar así, con esa palabra, desaparecer, porque en aquella época todavía era un verbo sin otra connotación, un verbo que usábamos sin pensar en su significado más atroz, más aberrante.

Unos días después la señorita Julia dejó de ir al colegio. Poco duró la confusión que se originó en el hecho de que ella efectivamente había pedido una licencia porque pensaba irse, ya que a media mañana empezaron a llegar versiones de distinto tipo acerca de la suerte o la desgracia que había corrido la maestra: se los llevaron de noche, rompieron la puerta de entrada a su casa, una puerta de madera que aún seguía allí, destrozada, partida; los sacaron de la casa a ella y al marido, y cargaron algunas cosas en el baúl de uno de los dos autos en los que llegaron; el perro de la maestra ladró toda la noche hasta que un vecino se lo llevó a su casa. También corrieron versiones acerca de quién de los dos era el que andaba en "algo". Que él estaba muy metido en el sindicato bancario, que ella había estado afiliada al Partido Comunista, que recibían y escondían en la casa militantes perseguidos, que figuraban en la libreta de teléfonos de no sé quién. Lo cierto es que la señorita Julia ya no estaba y que seguramente no volvería pronto. Si es que volvía. Su ausencia me producía una mezcla de sentimientos: alivio, culpa, desconcierto. Pero alivio por sobre todas las cosas. Porque el centro de mi mundo, aún, era mi padre, y ella ponía ese mundo en peligro. "Pobre, ¿no?", dijo una de mis amigas en el recreo cuando ya conocíamos las distintas versiones de lo que había pasado. "Algo habrá hecho", le contestó otra. "Algo hizo", dije yo y, aunque me refería a un algo muy distinto, con esa frase sellé mi complicidad.

Mi padre no habló casi por una semana. Su silencio no sorprendía a nadie en mi familia: cuando mi padre se enojaba con alguno de nosotros, por el tema que fuera, dejaba de hablarnos a todos. En esos casos yo sentía que su silencio era un castigo injusto, que no teníamos nada que ver con el motivo de su bronca y a pesar de eso y sabiéndolo igual nos retiraba la palabra para que la pasáramos tan mal como él. Y aunque hubiéramos tenido que ver, retirar la palabra era para mí un castigo desmesurado, el peor de todos. En sus períodos de silencio éramos al menos dos los enojados, él y yo, aunque yo lo ocultaba, no lo exponía a toda la familia como hacía mi padre, disimulaba para que el asunto no se agravara, para que lo más pronto posible volviera a hablar otra vez. Y esperaba en ese estado de enojo disimulado, sabiendo que nada podía hacer hasta que mi padre un día, sin ninguna explicación, así como había dejado de hacerlo, volviera a dirigirnos la palabra. Pero ahora el caso era distinto. Yo sabía que en esta oportunidad, al menos en ésta, mi padre no había dejado de hablar con nosotros porque estaba enojado sino triste. Eso me molestaba más aún: que sufriera por otra mujer, que la ausencia de una mujer lo hubiera dejado mudo. Y a esa molestia se sumaba lo que ya sabía: que era yo quien había tirado la carta de la maestra por el inodoro y quien había deseado una noche entera, profundamente, hasta que me dolió el cuerpo, que la señorita Julia desapareciera. La bronca competía con la culpa sin que yo pudiera definir quién era la vencedora.

En mi casa, desde hacía unos días ya nadie ponía en duda que ese 20 de Junio yo desfilaría. Mi madre se había ocupado de que mi uniforme y mis zapatos estuvieran impecables. Mi abuelo cada vez que me cruzaba me decía: "¿Así que sos la abanderada?". Mi abuela estaba terminando de tejer una camiseta de lana para que me pusiera debajo de la ropa. No importaba que ésos fueran los días más fríos del año, nadie podía llevar ni guantes, ni bufanda, ni ningún tipo de abrigo adicional. Mucho menos un gorro. Todos los que desfilábamos sabíamos que el frío era nuestro peor enemigo, se te metía en los huesos desde los zapatos y al poco rato llegaba hasta la punta de la cabeza. Dolían los sabañones. Se dormían los dedos de la mano. La punta de la nariz se ponía roja, y los labios tirantes y secos. Pero nada importaba más que estar presentables para el desfile, todos idénticos, según a qué colegio pertenecíamos. Así vestidos y muertos de frío, formaríamos junto a la plaza donde se levantaba nuestro

Monumento a la Bandera. Nos instalaríamos primero en la cuadra en la que estaba la florería de Furusawa, el padre de una de mis amigas. Avanzaríamos hasta la esquina y doblaríamos por la cuadra del frigorífico Manso, donde mi madre me mandaba una vez por semana a comprar fiambre. Llegaríamos a la esquina de la panadería El Progreso y tomaríamos por la cuadra de la Escuela Número 3, a la que iba mi hermano. Y entonces sí, en la esquina de la zapatillería Mitre, doblaríamos por tercera vez a la derecha tal como la profesora indicaría y encararíamos la última cuadra, esa donde estaría instalado el palco, junto a la iglesia, a un costado de la iglesia para no taparla, en el preciso lugar en el que la profesora gritaría: "¡Vista al paaaaalco!" y nosotros miraríamos, a modo de saludo y sin detener la marcha, a las autoridades presentes.

Llegó el día del desfile y mi padre seguía sin hablarme. Ni a mí ni a nadie. Sin embargo yo, a diferencia de otras ocasiones, pasaba delante de él altiva, mostrando esta vez mi enojo: con él, con la señorita Julia, con el mundo entero como solía enojarse mi papá. Si él lo hacía yo también. Incluso ese año que el 20 de Junio sumaba un elemento más al conflicto: por ser el tercer domingo de junio en esa fecha se festejaba también el día del padre. El enojo no me había permitido darme cuenta de la coincidencia hasta que me lo hizo notar mi madre. Ella había comprado un regalo para él, un short de tenis que necesitaba desde hacía rato, me lo había dado la noche anterior para que yo se lo entregara por la mañana. Pero, aunque en algún momento dudé en dejar de lado el enojo y dárselo antes de ir al desfile, finalmente le pasé la responsabilidad de entregárselo a mi hermano. Si de todos modos mi padre siempre decía que esos festejos, día de la madre, del padre, del niño, no eran más que un invento de los comerciantes para ganar plata.

Esa mañana bien temprano mi abuela vino con la noticia: Videla estaba en Rosario para asistir al desfile en esa ciudad y frente a ese monumento. **(29)** Lo había escuchado en la radio. Ella entró por la puerta de la cocina, traía la camiseta de lana que me había tejido. Mi madre, que siempre dormía a esa hora, esta vez estaba levantada porque iba a ir a la plaza a ver a su hija desfilar con la bandera. "Que se jodan, ¿no?", dijo ella y miró a mi padre, que apenas sonrió y siguió tomando mate como hacía todas las mañanas, aunque fuera feriado, dejando que la vista se le perdiera a través de la ventana más allá del patio. Yo agarré la camiseta y me fui a cambiar. Entré en mi cuarto, junté lo que necesitaba para vestirme en el baño; aunque despierto, mi hermano seguía en la cama, no iba a desfilar con su colegio pero mi madre le había dicho que tenía que ir a la plaza a verme pasar con la bandera. Mi padre, todos lo sabíamos, no sería de la partida.

Terminé de arreglarme, me cepillé los dientes, me peiné con dedicación. Desenredé cada nudo por pequeño que fuera. Nos habían pedido que lleváramos el cabello recogido así que até el mío en una cola de caballo que no di por terminada hasta que cada pelo quedó en su lugar y ninguno se escapó por el costado de la hebilla. Yo saldría antes, sola, luego vendrían los demás, no era necesario que el resto de la familia tomara frío desde tan temprano como yo. Cuando pasé por la cocina mi mamá le preparaba el desayuno a mi hermano, se detuvo un instante, se acercó, me pinchó una escarapela en la solapa y dijo: "Nos vemos en un rato".

Mi papá seguía en su lugar de siempre. De espaldas a nosotras, de frente a la ventana. Sobre la mesa estaba el paquete abierto del short de tenis. Avancé por detrás de él, era el camino obligado hacia la puerta. Podría no haberlo saludado y eso creí que iba a hacer. Pero al pasar justo detrás de su silla, casi sin pensarlo dije: "Chau, papá, feliz día". Sonó apagado, triste, y supuse que iba a quedar sin respuesta. Sin embargo, cuando estaba por abrir la puerta él me detuvo y dijo: "Esperá, llevate esto", y deslizó por la mesa una tableta de chocolate hacia donde yo estaba, una tableta mucho más grande que la que solía comprarnos. Y sin sacar la vista de la pava y del mate que se cebaba, continuó: "Eso es lo que mató al ejército de Napoleón en Rusia, el frío. Llevá ese chocolate y compartilo con tus amigas, así no mueren congelados". A menos que cuando mi hermano le había dado el regalo él hubiera dicho gracias, lo de Napoleón y el frío era lo primero que mi padre decía en varios días. Luego tomó su mate y ya no dijo más. Hasta mi madre lo miró sorprendida. Yo dije "gracias" y volví sobre mis pasos para agarrar el chocolate. "Dejá", advirtió ella, "se te va a asomar por arriba del bolsillo, yo voy en un rato y te lo alcanzo antes de que empiece el desfile, igual mejor que no lo coman de arranque y lo guarden para cuando el frío las empiece a apretar". No dije nada, mi padre tampoco, y así hice, como propuso mi madre. Me fui sin el chocolate pero con la certeza de lo que significaba: mi padre empezaba a salir de su encierro de silencio, no mucho más que eso, tanto como eso.

Poco a poco, los alumnos de cada colegio nos fuimos sumando a la formación que nos correspondía. La espera, lo sabíamos, iba a ser larga, todos los años lo era. No nos dejaban salir del lugar asignado en la escuadra pero sí conversar. Para mí era más complicado, estaba sola, delante de todos, tenía que sostener el mástil con la bandera y eso dificultaba aún más mis movimientos. Aunque mientras esperábamos no necesitaba tenerlo calzado en la banda sino que podía apoyarlo con cuidado en el suelo para que no me pesara tanto. Si quería hablar tenía que darme vuelta y conversar con alguna de las dos escoltas, que no eran de mi curso. Mis amigas estaban lejos, en medio de las escuadras. Cuando hablábamos nos salían hilos de humo blanco de la boca, a medida que el aliento se mezclaba con el aire frío de junio. Jugábamos a que fumábamos. Sin abandonar la fila esperábamos nuestro turno intentando que el tiempo pasara y el frío no se nos instalara en los huesos. A media mañana anunciaron por los micrófonos que en el palco ya estaban las autoridades municipales, el cura párroco, Bengolea, que aclararon venía en calidad de "presidente del Rotary Club y de la Comisión por la Reivindicación del Monumento a la Bandera", y por supuesto, el hombre del riñón de Videla. Dijeron su nombre pero no pude oírlo porque en ese momento se acercó corriendo mi hermano y me empujó. Trastabillé y el mástil se tambaleó pero pude sujetarlo. Mi madre y mis abuelos estaban en el cordón de la vereda. "Decile a mamá que te dé mi chocolate", le pedí. Mi hermano fue y volvió con las manos vacías: "Dice que se lo olvidó". Miré a mi madre, que a su vez me miraba con cara de qué le vamos a hacer, son cosas que pasan, y se me llenaron los ojos de lágrimas. Escuchamos el Himno, después "Aurora" mientras izaban la bandera en el monumento. Yo levanté el mástil de la que llevaba sobre mi hombro. Después vinieron tres discursos: el del intendente, el de Bengolea y el del enviado de Videla. Y entonces empezó el desfile.

Antes de que marcharan las escuelas, lo hicieron representantes del Regimiento de Granaderos, una parte del Cuerpo de Bomberos de Almirante Brown con autobomba incluida, y gauchos a caballo de un instituto tradicionalista de la zona. Después empezaron a marchar las escuelas. Nadie sabía con qué criterio habían asignado el orden. La mía estaba ubicada en el medio de la formación, así que no existían motivos para quejarse: no éramos los primeros pero tampoco los últimos. Por fin nuestra profesora dijo: "De frenteeee, ¡maaarch!" y arrancamos. Caminamos esa cuadra, la de la florería de Furusawa, en la esquina doblamos a la derecha. Marchamos la cuadra siguiente, la del frigorífico, y en la panadería El Progreso doblamos otra vez a la derecha. Continuamos a paso firme hasta llegar a la zapatillería, donde empezaba el verdadero desfile. Porque una vez que dobláramos esa esquina quedaría una sola cuadra para marchar, la de la iglesia, la del palco, la del riñón de Videla. Y allá fuimos, izquierda derech, izquierda derech, a completar el circuito alrededor de la plaza. Yo llevaba el mástil sobre el hombro, cada tanto el viento hacía que la bandera me tapara la cara mientras mantenía la vista al frente, clavada en esa esquina donde confluían la funeraria Narváez y la heladería Laponia. Marchaba con ese objetivo: llegar con la bandera al fin del recorrido, entregarla y volver a casa.

Nos acercamos al palco: el palco a la izquierda, la plaza a la derecha. La profesora nos marcaba el paso mientras marchaba con nosotras entre las escuadras y la plaza. Ni bien mi paso coincidió con el inicio del palco la profesora gritó: "¡Vista al paaaalco!" Mis amigas miraron, supuse, aunque no estaba segura porque desde mi posición no podía verlas. Pero yo no miré. Me las imaginaba a todas con sus cuellos torcidos hacia la izquierda, la vista clavada en el palco, mientras yo, la que llevaba la bandera, seguía mirando al frente. La profesora se debe haber preocupado porque se acercó a mi posición, podía verla por el rabillo del ojo, cuando estuvo a menos de un metro mío gritó por segunda vez: "¡Vista al paaaalco!". Y luego lo gritó una tercera vez. Entonces, saqué la vista del frente pero en lugar de mirar al palco giré la cabeza hacia la derecha, en dirección a donde estaba ella, miré en el sentido contrario al que se suponía que debía mirar, hacia el único lugar posible, allí donde estaba el ombú de la plaza. Y en ese recorrido mi mirada se cruzó con la de la profesora que, a su vez, me miraba aterrada, su vista clavada en mí, la cara tensa, el paso torpe y con el pie errado. Todo ella era una mueca de asombro o de espanto, como si no pudiera entender cómo me había atrevido. Hasta que su cara, de pronto, se aflojó, los ojos abandonaron su mirada tensa, sus hombros se relajaron y ella, también, en lugar de mirar el palco, miró hacia el ombú y así seguimos marchando las dos.

Fue entonces, cuando la mirada de la profesora ya no se interponía entre la mía y el ombú de la plaza, que lo vi. Escondido detrás de ese árbol, un poco a la izquierda de la rama que todos usábamos de asiento, tratando de pasar inadvertido. Vi a mi padre. ¿Era mi padre? ¿De verdad estaba allí? Tenía que serlo. Necesitaba que esa sombra que se movía detrás del ombú fuera él, lo necesitaba como testigo de lo que yo acababa de hacer, de lo que estaba haciendo. Lo miré, me miró. ¿Era? Se reía como el día que me mostró el recorte que guardaba en aquella caja y la libreta donde había garabateado los que él creía que algún día publicaría. Se reía como un chico. Algo de ese chico se metió dentro de mí. Me reí con él. Festejé con él sin dejar de mirarlo, sin dejar de marchar de espaldas al palco, la vista clavada en el ombú y en esa sombra que era, tal vez, mi padre.

La vida es una sucesión de actos miserables interrumpidos por unos pocos y pequeños actos heroicos, y es en el promedio de todos ellos donde logramos sentirnos dignos. Donde queremos que al menos un testigo nos sepa dignos. Aunque no lo seamos.

FIN (30)

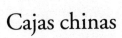

Cajas chinas

La verdadera patria del hombre es la infancia.

RAINER MARÍA RILKE

(1)

Monumento a la Bandera de Burzaco

(2)

(2)

Perón

El 31 agosto de 1953 el presidente de la República, general Juan Domingo Perón, llega en tren desde Santiago del Estero a la ciudad de Rosario. Visita el nuevo local de la CGT y sale al balcón, donde corta dieciocho cintas, una por cada entidad gremial, inaugurando así simbólicamente sus locales. Luego se traslada a la Jefatura de Policía y más tarde al Salón Blanco, desde sus balcones da un discurso a la multitud que lo vitorea. "(...) No olvidaré nunca que aquí recibí el bautismo cuando los trabajadores rosarinos me hicieron el más insigne de los honores al declararme el Primer Trabajador Argentino. Y yo, compañeros, jamás he aspirado a mayor honor y a mayor dignidad que ser un modesto y humilde trabajador de mi patria. (...) ¡Ojalá pudiera quedarme!, pero me están esperando muchas cosas allá en Buenos Aires. Compañeros, yo les prometo que pronto voy a hacer una visita más larga a Rosario, voy a venir para inaugurar el Monumento a la Bandera con ustedes, y antes voy a venir por la Fundación, para inaugurarles sus casas. (...)".

Perón no volvió a Rosario. En septiembre de 1955, un golpe militar conocido como "Revolución Libertadora" interrumpió su mandato como presidente de la Nación. El Monumento a la Bandera fue inaugurado el 20 de junio de 1957 por el presidente provisional, general Pedro Eugenio Aramburu.

Héctor Nicolás Zinni, *El Rosario de Satanás*

(3)

Panadería El Boulevard

(4), (5)

Adolfo

Mi abuelo Adolfo, el padre de mi madre, se fue de España escapándole al hambre. Era el menor de once hermanos y no parecía que la poca tierra que tenían en esa montaña seca de Orense fuera a alcanzar para darles de comer a todos. Buscó el mar por el camino más corto, se metió en un barco y se fue. En el primero que encontró. Iba a Cuba. Una isla, le dijeron. Cuando llegó enseguida consiguió empleo con "los ingleses". En el ingenio de azúcar. Había que poner la caña cortada en unas máquinas enormes y ruidosas, y estrujarla hasta que largara todo lo que tenía dentro. En unas de esas máquinas Adolfo estrujó también su mano izquierda. Para siempre. Nunca más fue la que era. Quedó abierta como una garra, apenas podía mover la punta de los dedos para sostener algo. De chica me daba miedo mirarla, trataba de evitar pasar por su mano con los ojos pero la acariciaba, la conocía de memoria de recorrerla con mis dedos, su piel áspera de trabajo y la mía ignorante todavía. Ya no pudo trabajar en el ingenio y decidió volver a España. Pero en el camino el barco hizo puerto en algún lugar del que Adolfo ya no recordaba el nombre y se pasó a otro que venía para la Argentina. En la cubierta, agarrado de la baranda con su mano sana, miraba el surco que abría el barco en el agua salada marcando la dirección hacia su nuevo destino. Llegaría aquí tan pobre como se había ido de España. Pero llevaba consigo algunas cosas que había aprendido en la isla. Ahora sabía sacarle el azúcar a la caña. Y podía decir unas pocas palabras en otro idioma. "Gud mornin, yentelmén", debía decirse por las mañanas. Y "gud afternún, yentelmén", por las tardes.

(5)

Cándida

Le pregunto por el viaje. El barco era grande. Eso es lo único que Cándida recuerda por recuerdo propio. Puede ver con nitidez el barco amarrado en el muelle de La Coruña levantándose como una mole gris delante de ella, parada junto a su hermana al pie de la escalera. Todo lo otro que sabe lo sabe porque se lo contaron, y ella me lo repite como si fuera su propio recuerdo. Pero no lo puede ver como ve el barco. Su padre se había ido dos años antes, cuando ella tenía seis y Delmira, cinco. Dijo que iba a América a buscar trabajo y que cuando lo encontrara las mandaría llamar. Pero el tiempo pasaba y no había noticias de él. Entonces su madre decidió ir a buscarlo. Mi bisabuela, la abuela "viejita", como la llamábamos sus bisnietos. Aunque en aquel entonces no era vieja, sino fuerte y dura. Dejó a sus hijas con su suegra, en su casa de Castro, y se fue. Cándida y Delmira siguieron viviendo su vida sin sus padres. Días, semanas, meses. Un año. Jugando en el campo, con sus cabras flacas. Mientras los padres no estaban, Delmira perdió un dedo, un vecino que cortaba leña no vio que la niña había apoyado su mano junto al tronco y bajó el hacha con fuerza sobre la primera falange de su dedo mayor.

Por fin un día su abuela les dijo que había llegado carta de la Argentina. Carta de su madre. Que había encontrado a su padre. "Las manda llamar", dijo. La abuela les puso las mejores ropas y el resto lo metió en una valija pequeña. Les dio un queso de cabra a cada una, para el viaje. Y las tres fueron al puerto. Ahí estaba el barco. Gris, alto. Mi abuela Cándida y su hermana Delmira debían subir y viajar a la Argentina a encontrarse con sus padres. Pero no dejaban que niñas tan pequeñas viajaran solas. La abuela recorrió la fila de pasajeros. Inspeccionó las caras de cada uno y decidió que esa pareja que llevaba la valija marrón gastada eran los indicados. Les pidió que las subieran como hijas propias, y que una vez dentro del barco las niñas se arreglarían solas. "En Buenos Aires las van a estar esperando", prometió. Cándida y su hermana hicieron la fila con ellos. La abuela les quitó uno de los quesos y se lo dio a la pareja de la valija marrón. Avanzaban dos o tres pasos arrastrando la suya y luego se detenían otra vez. Frente a la escalera, antes de subir, el barco parecía aún más grande. Alguien se apiadó y las ayudó a cargar los bultos. Cándida tomó la mano de su hermana, la mano que tenía un dedo menos, la tullida, y así subieron, calladas, detrás de su valija. La abuela se quedaría en el muelle hasta que el barco zarpara, para saludarlas con un pañuelo. Y lo hizo. Pero no pudieron verla. Veían cómo los viajeros a su alrededor saludaban, lloraban, agitaban manos y pañuelos, alzaban a sus niños para que también saludaran. Ellas, las hermanas que viajaban solas, seguían quietas, agarradas de la mano. Sus ojos clavados diez centímetros bajo la baranda, sin poder ver el muelle.

Dos versiones de un cóndor

Canción del Ejército Argentino

Por la Patria el Ejército Argentino
legendarias hazañas realizó
fue la ruta del sol su camino
por los valles y cuestas luchó,
a los Andes la gran cordillera
nuestro cóndor sus hijos llevó
y en la cumbre flameó su bandera
y la cumbre del mástil se irguió.

Primera estrofa de la canción del Ejército Argentino (letra original de 1843). En 1998 y 2000 fue modificada. Los últimos dos versos de esta estrofa cambiaron por "y esa herencia de estirpe guerrera/ en Malvinas su temple mostró."

Cóndor y cronopio

Un cóndor cae como un rayo sobre un cronopio que pasa por Tinogasta, lo acorrala contra una pared de granito, y dice con gran petulancia, a saber:
Cóndor. —Atrévete a afirmar que no soy hermoso.
Cronopio. —Usted es el pájaro más hermoso que he visto nunca.
Cóndor. —Más todavía.

Cronopio. —Usted es más hermoso que el ave del paraíso.

Cóndor. —Atrévete a decir que no vuelo alto.

Cronopio. —Usted vuela a alturas vertiginosas, y es por completo supersónico y estratosférico.

Cóndor. —Atrévete a decir que huelo mal.

Cronopio. —Usted huele mejor que un litro entero de colonia Jean-Marie Farina.

Cóndor. —Mierda de tipo. No deja ni un claro donde sacudirle un picotazo.

Julio Cortázar, *Historias de cronopios y de famas*

Mi infancia y el ombú

(8), (9), (10)

(8)

Primavera

En el patio de la casa de mis abuelos, cada primavera, se cardaba la lana de los colchones. Lo hacíamos mi abuela y yo. Había quienes llamaban a un colchonero que traía su máquina de cardar y en pocas horas resolvía el asunto. Pero mi abuela no se permitía pagar por nada que pudiera hacer ella misma.

Era una ceremonia femenina, cosa de mujeres. Sin embargo mi madre no participaba, siempre tenía otras cosas que hacer. Con mi abuela elegíamos un día de sol, a primera hora de la mañana, sacábamos los colchones al patio, mi abuela descosía los lados, arrancaba los botones que apretaban el colchón y, entre las dos, lo vaciábamos. Ella lavaba la tela y la tendía al sol. Cuando volvía le daba golpes a la lana con una vara de mimbre, revolvía un poco y pegaba otra vez. Si se cansaba me pasaba la vara a mí. En el momento en que los golpes ya no lograban desarmar más la lana, nos arrodillábamos y con las manos abríamos los vellones más rebeldes. La lana apilada se hacía esponjosa, se suavizaba, pero además perdía ese color gris con el que la había teñido el polvo acumulado durante un año. Cuando la tela gruesa de florones azules estaba seca, mi abuela llenaba otra vez el colchón con la lana renovada. Yo le alcanzaba los vellones y ella los empujaba hasta el fondo. Por fin, con sus manos manchadas de pecas, mi abuela cosía otra vez los costados de la tela. Usaba una aguja gruesa y curva, de colchonero. Y después, con otra aguja, pegaba los botones, atravesando todo el espesor y cosiendo el botón opuesto en el mismo momento. Cuando el colchón volvía a ser el que era, lo llevábamos a su cama. Entonces ella me daba la orden con la mirada y yo me zambullía sobre él. Mi abuela esperaba a que me moviera un rato encima hasta que por fin levantara el pulgar en señal de que aprobaba el trabajo realizado. Ésa era nuestra prueba de calidad.

En mi casa, la de al lado, esa en la que yo vivía con mis padres y mi hermano, no había colchones de lana. Alguna vez me quejé con mi madre porque el mío era de gomaespuma. Su respuesta fue: "No les vas a poner colchón de lana a chicos que se hacen pis en la cama".

(9)

María

No conocí a mi abuela paterna. Murió poco antes de que mis padres se casaran. Pero hay una imagen de ella que vi muchas veces durante mi infancia, que se me repetía como si de verdad yo hubiera estado allí. La imagen tiene su cara borrosa pero su espalda se ve clara, curvada, bajando hacia el piso a recoger un volante. La veo, es morocha, tiene puesta una camisa blanca, larga; más que una camisa, un batón.

Y su cuerpo que se agacha, que se curva, que se hace casi redondo; su mano que se extiende hasta alcanzar ese papel que acaban de tirar sobre el empedrado de la avenida Pavón, un papel que son miles de papeles, todos iguales, anunciando algo que despierta la curiosidad de mi abuela.

Por eso, porque quiere saber de qué se trata, ella se detiene mientras cruza, no debería hacerlo, a mí me enseñaron que jamás lo haga, me lo dijeron una y mil veces volviendo a esta misma anécdota de mi abuela. Y no lo hago, nunca lo haría. Sin embargo ella se detiene, vuelve sobre sus pasos, se agacha, estira la mano hacia el papel, lo toma, pero no llega a leerlo, porque un colectivo la aplasta.

Agua

Mi madre rompe bolsa en medio de una noche.
Había dejado los platos de la cena anterior sin lavar,
sucios. Nunca antes lo había hecho. Pero el embara-
zo de nueve meses y sus piernas hinchadas la hicieron ir a acostarse pensando que al día siguiente, más
descansada, los lavaría. Cuando rompe bolsa, mojada en la cama, piensa en los platos y no despierta a
Gumer. No despierta a mi padre mientras a mí se me
escapa el líquido en el que floto. Va a la cocina, prende el calefón, espera hasta que salga el agua caliente
y los lava. Recién cuando los platos de la noche anterior están limpios, ella despierta a mi padre para
que la lleve al hospital.

Sueño con agua y con inundaciones, siempre.
Sueño que voy en un bote alrededor de la plaza de
Burzaco. Pero ni en las peores pesadillas el agua llega
a tapar por completo el ombú.

(11)

López Rega

A España.
PEDIRÁN LA EXTRADICIÓN DE LÓPEZ REGA

El juez Alfredo Nocetti Fasolini iniciaría esta semana los trámites correspondientes para la extradición de José López Rega desde España, quien está acusado de delitos comunes en relación con el manejo de fondos en el Ministerio de Bienestar Social. Sin embargo, un cable de la agencia EFE desde Madrid dice que sería difícil que el gobierno español conceda la extradición porque se estima que existen motivos de orden político en el pedido que harían desde la Argentina.

Clarín, domingo 18 de enero de 1976

La felicidad antes de la ola

(13)

(13)

La felicidad después de la ola

Mi papá frente al mar

(15), (16)

Gumersindo el primero

Gumersindo era un vago, decían. Porque mi abuelo paterno, de quien heredaría el nombre mi padre, era el único vecino de Portosín, además del cura, que leía. También sabía escribir. El único. Y eso le servía de excusa para no ir a trabajar la tierra, decían. María, la que iba a ser la madre de mi padre, se enamoró de él y fue lo peor que pudo haberle hecho al suyo. Su padre trabajaba la tierra desde que el sol salía hasta que se ponía. Cuidaba cada vid de su pequeño campo como a su propia familia. Porque con ellos les daba de comer. En cambio Gumersindo no podría darle nada. Si cuando alguien iba a pedirle que le leyera una carta él no les cobraba. Tampoco cuando le pedían responderlas. Nadie puede dar de comer a sus hijos leyendo y escribiendo, le decía su padre a mi abuela María. Si quiere casarse con vos, que venga a trabajar la tierra como Dios manda. Pero a Gumersindo no lo mandaba Dios, ése también era un problema, y no aceptó la propuesta. Entonces no hay casamiento, dijo el padre de María.

Una noche se fugaron, Gumersindo y María. Se fueron a un pueblo vecino, Porto de Son, y pasaron allí la noche. Juntos. Al día siguiente María escribió una carta. La escribió Gumersindo, pero la firmó María. "Padre, hemos pasado la noche en una misma cama, ¿crees que ahora podremos casarnos? Esperamos tu respuesta para volver a casa con ustedes, tu hija, María." El padre de María recibió la carta y se la tuvo que llevar al cura para que se la leyera. Miraba el piso mientras se la leía. Cuando terminó, el cura le devolvió el papel escrito por Gumersindo. Sin decir palabra, el padre de María la dobló tres veces y la guardó en el bolsillo. Luego miró al cura, le dio las gracias y se fue. Salió de la iglesia sin persignarse ni mojar sus dedos en agua bendita. Caminó unos metros bajo el sol de Galicia, luego se detuvo, pensó un rato en silencio. Volvió sobre sus pasos, entró a la iglesia y se sentó en la primera hilera de bancos. Miró a la Virgen pero no le rezó.

Cuando estuvo listo volvió a la sacristía a pedirle al cura que redactara su respuesta. "Los estamos esperando, tu padre."

(16)

Papá Noel

Durante mucho tiempo creí que Papá Noel, después de repartir los regalos, descansaba unas noches en un hotel en Avellaneda.

Mi abuelo paterno siempre traía zapatos de regalo para las Navidades, pero no solía acertarle con el número. Yo me los probaba y cuando comprobaba que eran chicos o grandes, decía: "Qué lastima, no me van". Y con resignación daba por cerrado el tema. Igual los guardaba con los otros regalos, como un recuerdo de lo que Papá Noel creía que me merecía ese año. Pero entonces venía mi mamá y me los sacaba: "Dame, que se los vamos a dar a Papá Noel para que te los cambie". "¿Pero cómo, si Papá Noel ya pasó y se fue?" "Se los alcanza tu abuelo, él lo conoce." Y ante mi mirada incrédula mi abuelo asentía, pero no aclaraba. Era mi madre quien lo hacía. "Como termina muy cansado después de repartir tantos regalos, se queda a descansar unos días en un hotel en Avellaneda, cerca de lo de tu abuelo." Otra vez yo miraba a mi abuelo, que continuaba en silencio. No podía perdírsele mucho más a quien para Reyes, cada año, les ponía en los zapatos de mi padre y sus hermanas pan duro.

Los Reyes, pan duro, Papá Noel, zapatos de talle equivocado.

Sueño

Apnea del sueño, mencionó alguien aquella mañana en que mi madre apareció muerta. Ella tenía 72 años y yo 46. No la oí roncar esa noche, como sí la había escuchado tantas otras. No vivíamos juntas. Cerca, pero no juntas. La cuidaba una mujer que tampoco la oyó roncar. A la mujer le extrañó que mi madre no la hubiera despertado para ir al baño en toda la noche, no podía hacerlo sola, tenía Parkinson y alguien debía ayudarla para salir de la cama. Y para muchas otras cosas. Estaba muerta esa mañana. Infarto, dejó de respirar. Apnea del sueño otra vez. El Parkinson no mata, dicen. Mientras ella dejaba de respirar, yo, sin saberlo, atravesaba el continente de norte a sur arriba de un avión.

Me enteré de que estaba muerta cuando llegué a Ezeiza, frente a la cinta en la que giraba mi equipaje. **(18)**

(18)

Mi mamá y yo

(19)

Lorenzo Miguel

Diciembre de 1975

El 15, la presidenta de la Nación, María Estela Martínez de Perón, "Isabel", visita el campo de deportes de la Unión Obrera de la Construcción (UOCRA), se reúne con el secretario general del gremio, Rogelio Papagno, y con el titular de las 62 Organizaciones, Lorenzo Miguel. Previamente había asistido a misa en la capilla de la residencia de Olivos.

Eduardo Blaustein y Martín Zubieta, *Decíamos ayer*

El gremialismo se encrespa y asume una dura posición. Las 62 Organizaciones se reunió y dará a conocer un severo documento.

La Razón, 9 de febrero de 1976

La Presidenta recibirá mañana a Miguel y a Dirigentes de las 62

(...) El señor Lorenzo Miguel tiene abiertas las puertas de la presidencia para dialogar con el gobierno pero encuentra dificultades para convencer a las estructuras sindicales. Su afirmación de la semana pasada de que llevaba a la señora de Perón el apoyo incondicional del movimiento obrero merece, por lo menos, ser sometida a la prueba de los hechos (...).

La Opinión , Sergio Cerón, 2 de marzo de 1976

Habrían detenido a Herreras y a Miguel

Crónica, firme junto al pueblo, 29 de marzo de 1976

La muerte de mi padre

Se levantó una mañana, diez años después de aquel verano. Le dolía el estómago. La boca del estómago. Hacía días que le dolía. Pero la noche anterior la molestia se acentuó, cuando vio el documental de la Masacre de Ezeiza en la televisión. En Canal 9. Las imágenes de la concentración de distintas agrupaciones peronistas en donde la autopista Richieri se juntaba con la ruta 205. Eran imágenes del 73, del 20 de junio de 1973. Otro 20 de junio. Mi padre se enojó. Por un momento creí que iba a llorar. Perón volvía a la Argentina después de dieciocho años de exilio. "Los emboscaron", dijo. Francotiradores en los árboles, ametralladoras en el palco y debajo del palco, Leonardo Favio en el micrófono, sindicalistas, columnas de FAR y Montoneros. Todos peleando por su lugar junto al general. Para verlo, para estar cerca de él. Mi padre decía frases sueltas, sin llegar a armar un relato, sin conversar con nosotros, lo que decía eran casi sentencias. "Fue una trampa." "Los hicieron matar." "Él sabía, él siempre supo." Esas frases decía de cara al televisor, le hablaba al aparato, a veces con los dientes apretados, a veces las gritaba, como si alguien del otro lado pudiera oírlo y contestar. Se enfurecía. Pero mi padre no estaba en nuestra cocina, con nosotros, sino en ese lugar de furia. Mi hermano y yo terminamos de comer y nos fuimos a acostar. Me levantaba temprano al día siguiente para ir a la oficina. Mi hermano tenía una de sus primeras entrevistas de trabajo. Ninguno de los dos le prestamos demasiada atención a la ira de mi padre. Conocíamos su enojo. Aunque esta vez fuera un enojo evocado años después, un enojo de esa noche en mi casa pero también de aquella otra en el 73 y de los enojos de todos los años transcurridos entre una noche y otra. No le prestamos tampoco atención a su dolor de estómago. Cuántas veces a alguien le duele el estómago y no pasa nada. A la mañana siguiente mi padre me saludó desde la puerta, en calzoncillos, como siempre. Y yo, casi sin mirarlo, me fui.

Mi madre lo supo cuando volvió a la casa al mediodía después de hacer un trámite. A mí me llamaron a la oficina a la hora del almuerzo. Mi hermano se enteró recién al volver de la entrevista, sobre el fin de la tarde. Mi padre se había descompuesto un rato después de que me fui. No había nadie en la casa. Mi madre y mi hermano habían salido detrás de mí. Tan mal se sentía mi padre que cruzó el patio y fue por ayuda a la casa de mis abuelos. A la casa de mi abuela. Se recostó en su cama mientras llamaban a un médico. Sobre el colchón de lana que mi abuela cardaba cada primavera conmigo. Llegó la ambulancia media hora después pero ya estaba muerto. Mi padre estaba muerto. Infarto. Cuando llegué él seguía en esa cama que no era suya. Mi madre estaba sentada en una silla a su lado, decía: "Por qué me hiciste esto". A mi padre alguien le había cruzado las manos sobre el vientre. Tenía puesto un short pero el torso continuaba desnudo. Su abdomen seguía firme. Sus músculos trabajados, aún estando muertos, dibujaban el mapa que yo tan bien conocía.

Pero su vientre esta vez no subía y bajaba al compás de su respiración.

21

Y el gallo cantó

El gallo cantó en su gallinero. Cándida abrió los ojos, miró el reloj, eran las cinco y media. Así se llamaba mi abuela, Cándida, aunque había perdido su candidez a una edad muy temprana. Su marido, mi abuelo, dormía junto a ella. A él no lo despertaban el gallo ni la luz que se filtraba entre los paños de la cortina del comedor. Cándida no se levantó aún. Cuando lo hacía, cuando se levantaba ni bien cantaba el gallo, el día le resultaba interminable. Aunque durmiera la siesta. Estiró una mano y prendió la radio. La dejó con bajo volumen para que mi abuelo no se quejara. A las seis ya se levantaría y prepararía el mate. Para los dos, para ella y Adolfo, mi abuelo. A lo mejor empezaría a amasar pan. Hacía mucho que no amasaba pan. No estaba atenta pero en algún momento escuchó que el locutor de la radio decía: "(…) el alejamiento de María Estela Martínez de Perón como presidenta de la Nación", entonces prestó atención. Estiró la mano y subió un poco el volumen: "(…) en las próximas horas asumiría el poder una junta de comandantes generales…". Se inclinó para decirle a su marido, mi abuelo, pero él dormía tan profundo y roncaba con tanto énfasis que no le pareció conveniente despertarlo. Se incorporó sobre el respaldo de la cama, acomodó su almohada. El locutor dijo que trasmitirían nuevamente los comunicados emitidos hasta el momento. Y a continuación ella escuchó la música de la Cadena Nacional y luego: "Comunicado Número 1: Se comunica a la población que a partir de la fecha el país se encuentra bajo el control operacional de la Junta de Comandantes Generales de las Fuerzas Armadas. Se recomienda a todos los habitantes el estricto acatamiento a las disposiciones y directivas que emanen de su autoridad militar, de seguridad o policial, así como extremar el cuidado en evitar acciones y actitudes individuales o de grupo que puedan exigir la intervención drástica del personal en operaciones". No estaba segura de entender bien, pero si era lo que creía, la noticia no le sorprendió. Todos sabían que iba a suceder tarde o temprano, que los días de Isabelita estaban contados, el mismo día anterior lo comentaban en el almacén. Se levantó y fue al baño. Cuando regresó escuchó: "(…) queda prohibida la navegación de buques, embarcaciones deportivas, de pasajeros o cualquier otro tipo por los ríos navegables argentinos". En el cajón de la cómoda buscó la venda para comprimir sus várices y la enrolló sobre la pantorrilla derecha. Se sacó el camisón y se vistió. Se peinó. Pasó el cepillo por su largo pelo que sólo ella y Adolfo conocían suelto, de un lado y del otro; se hizo un rodete y colocó horquillas a su alrededor. La inquietaba saber si habría clases, si debía cumplir o no con la tarea oficial de despertar a su nieta. Eso la preocupaba. Si tendría que despertarme. Subió el volumen de la radio y fue a la cocina. Si el abuelo, mi abuelo, se despertaba, mala suerte, al fin y al cabo ella tenía que saber. Puso el agua sobre el fuego. "Se comunica a la población de la Nación que, a partir de este momento y hasta nuevo aviso, se declara asueto administrativo y educacional en los niveles primarios, secundarios y terciarios en todo el territorio de la Nación". Al fin se alivió, sabía lo que tenía que hacer. O lo que no tendría que hacer: despertar a su nieta. No tendría que despertarme. Me dejaría dormir. Aunque tal vez sería mejor avisarle al padre, pensó, a su yerno. A mi padre. Él no escuchaba la radio por las mañanas, él aún no sabría. Y si ella no atravesaba el patio, pasaba frente a su ventana como si él no estuviera y golpeaba en la persiana de su nieta como cada día, si no golpeaba en mi ventana, su yerno, mi padre, se asombraría.

Salió al patio en el momento en que desde su cuarto se escuchaba al locutor decir: "(…) un proceso donde cada joven vea abiertos todos los caminos y metas, sin otro requisito que su capacidad y su contracción al trabajo fecundo". Y a mi abuelo: "¿Por qué pusiste la radio tan fuerte, mujer?".

Cándida pasó por el hueco de la ligustrina, entró a mi patio, se paró frente a la ventana de la cocina, miró a mi padre. Cuando él la miró ella le hizo un gesto ambiguo, poco claro, pero que intentaba decir: "Tengo que hablarle". Señaló con la mano la puerta del costado, y dijo: "Ábrame", marcando los labios, aunque él no pudiera escucharla. Mi padre se levantó y le abrió. "La chica no tiene clases", dijo ella. Y no habría dicho más si él no le hubiera preguntado. (22)

Tejer

Está sentada junto a la ventana. Teje. Yo la miro tejer. Teje de espaldas a la ventana. Porque no le importa mirar hacia fuera sino que la poca luz de esa tarde ilumine sus manos. Nunca prende la luz eléctrica antes de que anochezca. Y es apenas media tarde. Llueve, para por momentos y otra vez empieza a llover. No quiere equivocarse. A pesar de la falta de luz, no se equivocaría. Aunque cerrara los ojos. Teje de memoria. Pero juega a que puede equivocarse, tal vez, si no prestara suficiente atención. Juega a que tiene que prestar atención. El ruido de las agujas de metal chocando una contra otra parece un latido que sólo se interrumpe cuando se termina una vuelta y Cándida debe cambiar las agujas de brazo, rotarlas en el aire, acomodarlas debajo de sus axilas, tirar del ovillo para que suelte un pedazo más de lana, y hacer que el latido comience otra vez. Elige puntos difíciles. Nunca Santa Clara o Jersey. Los puntos complicados la obligan a concentrase en lo que hacen sus manos con la lana. Ochos, espigas, puntos fantasía o calados son sus preferidos. Requieren mayor atención. Teje porque así no piensa en Adolfito. En Adolfito, no en Adolfo. Su hijo del medio, el que se llamaba como su padre. En Adolfo no piensa casi nunca y eso le pesa, tal vez debería también pensar en él, se pregunta, pero no me lo dice y no lo hace. Si yo preguntara me lo diría, pero no pregunto. Su marido tenía ochenta y seis años cuando se murió. Mi abuelo. La gente a esa edad se muere. Ella también va a morirse. Pero Adolfito, no. Él no tenía que morirse, por eso lo piensa vivo. Y le duele. Le duele como no le dolió nada, nunca. Entonces clava la aguja en el punto siguiente con prepotencia, da una lazada veloz y saca la aguja para volver a clavarla en el próximo. Cuando aparece Adolfito en sus pensamientos el latido del metal se crispa. Cambia el ritmo del ir y venir, las agujas se aceleran y además de golpear raspan. Entonces sé que mi abuela está pensando en ese hijo, mi tío, el que se le murió. Hasta que en algún momento Adolfito se va, cuando por fin se lo lleva alguna espiga o algún ocho. Como se lo llevó el cáncer a los cincuenta y cinco. Joven para morirse. Un hijo siempre es joven para morirse, piensa y por eso teje, más rápido, se concentra en la revista donde está la explicación detallada del punto que está haciendo y las agujas chocan una contra otra para espantarlo.

Entra el gato y se sienta cerca de ella, delante de la estufa. A Cándida también le gusta estar cerca de la estufa. A mí también. Al gato, a Cándida y a mí. A ella le gusta calentarse los pies quietos mientras teje. No demasiado cerca, todavía se acuerda de aquel día en que se acercó demasiado y la media de seda se le pegó a la carne. Su hermana tuvo que tirar hasta arrancarla. Dolió, pero no tanto como cuando llovizna y no teje.

No permite que el gato juegue con su ovillo, tiene las patas mojadas de lluvia y lo ensuciaría. Esconde la lana en su regazo, en el bolsillo del delantal. Además ese gato no es suyo, no sabe de dónde vino ni por qué sigue ahí, buscando cada tarde compartir el calor de su estufa. Me dice que cuando termine el ocho le va a poner un poco de leche tibia en el plato. De eso sí me habla. Y de que se va a ir a la cocina a calentar unos mates. En un rato nomás, para que no se le junte la merienda con la cena. (23)

(23)

Nombrar

Muy cerca de su final, entrevisté a mi abuela. Tenía que escribir un guión para un documental. Estaba estudiando, era apenas un ejercicio que probablemente jamás llevaría a la pantalla. El tema lo elegí yo. El tejido: las parcas y el hilo de la vida. La cuestión de género: sociedades donde los hombres tejen y sociedades donde el tejido constituye la última actividad reservada a las mujeres. Las agujas y su movimiento como descarga de la energía sexual. Después de hablar de lanas, puntos de fantasía y lazadas, protegida por la distancia del grabador y del documental, le pregunté a mi abuela: "¿Tuviste orgasmos? ¿Sabés lo que es un orgasmo?". "Bueno, sí, claro", dijo mi abuela, "pero primero los tuve y mucho después aprendí cómo se llamaban". (24)

(24)

Sexo

Cuando descubrí lo que era coger le pregunté a mi madre, con la sorpresa, la inocencia y el espanto de la infancia, si eso que me habían dicho mis amigas era cierto, si de verdad las mujeres debían dejar que los hombres "metieran su pito" dentro de una. Mi madre me miró, se tomó un instante y luego dijo: "No lo pienses así, es como cuando uno tiene hambre y come, o tiene sed y toma agua".

No mencionó el amor.

Ni siquiera los hijos por venir.

(25)

Comunista

Si el comunismo de Rusia mandó al local a apoyar la dictadura, mi padre jamás se dio por enterado. O, aunque lo hubiese sabido, él no era un comunista incondicional y ortodoxo. ¿Era comunista? Un comunista romántico, del Che en Bolivia, de la selva, de Cuba. Utópico, como todo comunista en calzoncillos.

"En cuanto a sus formulaciones más precisas (...) afirmamos enfáticamente que constituyen la base de un programa liberador que compartimos (...). El presidente afirma que no se darán soluciones fáciles, milagrosas o espectaculares. Tenga la seguridad que nadie las espera (...). El General Videla no pide adhesión, sino comprensión, la tiene".

Comunicado del PC de abril de 1976

Abril

Fue derogado el impuesto a la herencia, reimplantado en 1974, por cuanto éste creaba, según expresó Martínez de Hoz, extrema dureza social.

La Opinión, 3 de abril de 1976

El cauce de la democracia en el país se hallaba obturado, obstaculizado. Había crecido la maleza y de ahí que el estilo nacional se hallaba desbordado.

Declaraciones de Jorge Rafael Videla al diario *La Razón*, 13 de abril de 1976

A fin de que no quede ninguna parte de estos libros, folletos, revistas, etc., se toma esta resolución para que con este material no se esté engañando a nuestra juventud sobre el verdadero bien que representan nuestros símbolos nacionales, nuestra familia, nuestra iglesia y, en fin, nuestro más tradicional acerbo espiritual sintetizado en Dios, Patria y Hogar.

Comunicado del III Cuerpo del Ejército tras la quema colectiva de libros en Córdoba, *La Opinión*, 30 de abril de 1976

Bife al carbón

Veo con claridad a mi madre, su silueta recortada contra la pared del lavadero, la veo a través de la ventana de la cocina, ella está parada de espaldas a mí, cubriéndose de la llovizna con un piloto viejo y un paraguas desvencijado. La tela del paraguas se salió de una o dos varillas y se agita con el viento que arrastra el agua. Mi madre ya prendió el carbón en un recipiente cuadrado de hierro y ahora lo desparrama sobre la base de una parrilla portátil de metal negro con pintas blancas. La parrilla está en el otro extremo del patio para que el humo no se meta en la cocina por la ventana abierta a través de la cual yo miro a mi madre. En un banco junto a la parrilla, mi madre apoyó el bife con lomo que le hará a mi padre. El bife se moja con las gotas de lluvia. Cuando esté sobre la parrilla ya no se mojará porque mi madre improvisó un techito con una chapa que no sé de dónde sacó.

Todas las noches ella prende el carbón para cocinar un bife con lomo para mi padre. Debe asarlo hasta que esté seco, que ninguna parte se vea roja ni el plato se manche de sangre cuando apoye la carne sobre él. No importa que llueva. Le pregunto por qué lo hace. No se lo pregunto ese día que la miro a través de la ventana, se lo pregunto otra noche, cualquier noche, distintas noches. Ella me contesta: "Porque tu padre no come otra cosa". Y eso no es estrictamente cierto, es apenas una verdad a medias.

Mi padre come muy pocas cosas pero no sólo bife con lomo. Papas hervidas. Puré que se hace con papas hervidas. Come fideos con manteca y queso rallado, nunca con salsa. Los fideos que se compran en lo de Castillo, una fábrica de pastas que está frente a la estación. Los tallarines más finos y al huevo. Cada tanto me toca ir a comprarlos a mí, no quiero que me atienda el hijo, espero para que me atienda el dueño, digo que no es mi turno si es necesario. Cuando me atiende el hijo no me gusta, no me gusta cómo me mira. Me mira a los ojos, fijo, sin pestañear. El padre no, el padre está siempre enojado, como el mío. Fideos al huevo, tallarines, los más finos, no, no son ésos, son aquéllos, medio kilo.

Mi padre también come tortilla de papas sin cebolla. A mi hermano le gusta más la que hace mi abuela, con cebolla. Pero en mi casa nunca se hace así porque mi padre no la come. Y tiene que estar seca, muy seca, nunca babé. También come chauchas hervidas y brócoli. Con papas hervidas. Y huevo frito con papas fritas. Pero al huevo hay que aplastarle la yema y secarla para que quede dura, para que no se pueda meter el pan adentro y empaparlo como me gusta hacer a mí. Las milanesas tienen que ser de bola de lomo y mi madre tiene que golpearlas de un lado y del otro con un martillo de cocina hasta que la carne quede muy fina, y nunca mezclar el pan rallado con ajo. Mi abuela las hace gruesas y con ajo, y cocina paellas, matambres, puchero con chorizo colorado y caracú, arroz con pollo, tarta pascualina, amasa ñoquis, ravioles y fideos que no son como los de Castillo. Y los llena de salsa de tomate. Mi padre no come la comida que hace mi abuela. Nosotros no comemos bife con lomo, excepto que él, mi padre, esté satisfecho y deje una parte de carne pegada al hueso. "¿Por qué nosotros no comemos bife con lomo?", pregunto. "Porque es muy caro", contesta mi madre. "¿Y por qué papá sí?" "Porque es lo único que come."

Desde muy chica conozco esta anécdota que sucedió al poco tiempo de que mis padres se casaran. Mi madre cocina zapallitos rellenos, pero los hace como los cocina mi abuela, los hierve y luego los rellena. La madre de mi padre los preparaba de un modo diferente, no los hervía, entonces la cáscara quedaba dura. A mi padre no le gustan los zapallitos que cocinó mi madre como le enseñó mi abuela. Él no los come, ella tiene que preparar otra comida. Mi padre averigua con sus hermanas la diferencia entre una receta y otra y se la dice. Unos días después mi madre vuelve a hacer zapallitos rellenos como le enseñó su madre. Él no los come y se enoja. Se levanta de la mesa, agarra un pan del mediodía que encuentra en un estante y se va a dar una vuelta a la manzana. Unas semanas después mi madre vuelve a hacer zapallitos rellenos, los hace otra vez como le enseñó su madre. Mi padre toma la fuente, va hasta el jardín y los tira en medio de la calle, con fuente y todo. "¿Por qué no cambiabas la receta o cocinabas otra cosa?", le pregunto muchos años después, cuando mi padre ya está muerto. Ella responde: "No entendí cuál era el problema, no escuché lo que me decía tu padre, me ponía a cocinar zapallitos y se me cruzaba la idea de que me había dicho algo, pero no me acordaba qué. Hasta que rompió la fuente". **(28)**

(28)

Aquella ilusión

(29)

Videla

SE HONRÓ CON UNCIÓN A LA ENSEÑA PATRIA
El jefe del Estado, teniente general Jorge Rafael Videla, presidió la ceremonia central en Rosario.

(...) Estuvieron junto a la bandera los abanderados de los colegios y los cuerpos militares.

El Litoral, Santa Fe, 20 de junio de 1976

(30)

Fotos

Hay años, etapas enteras de mi vida, de los que no tengo registro fotográfico. La adolescencia, por ejemplo. No puedo ilustrar mi adolescencia con imágenes. Alguna que otra foto mal sacada con una Polaroid de entrecasa, llenas de luz o de sombra, fuera de cuadro, ambiguas. (14) En cambio hay otros momentos de los que se conservan múltiples registros. Varias copias de una misma foto. Serie de fotos de un mismo día, de una misma situación. Fotos idénticas de distinto tamaño. Tal vez coincidieron con momentos de más holgura económica, en los que llamar a un fotógrafo no era un lujo que mi familia no podía permitirse. O con momentos de más tiempo libre, o de mayor disposición pese a las ocupaciones.

Sea cual fuere el motivo, el recuerdo que aparece de la etapa sin fotos es sutil y borroso, pero genuino, irrebatible, porque no tiene imagen que lo contradiga. Mi adolescencia es una evocación a la que no le puedo confrontar imágenes. En cambio el recuerdo fotografiado trae consigo una contradicción en la que siempre vence la imagen. Si en esa foto yo sonrío, mi hermano sonríe, mi madre sonríe, mi padre sonríe, es porque fuimos felices. Habré sido feliz, entonces, en ese instante. (31)

(31)

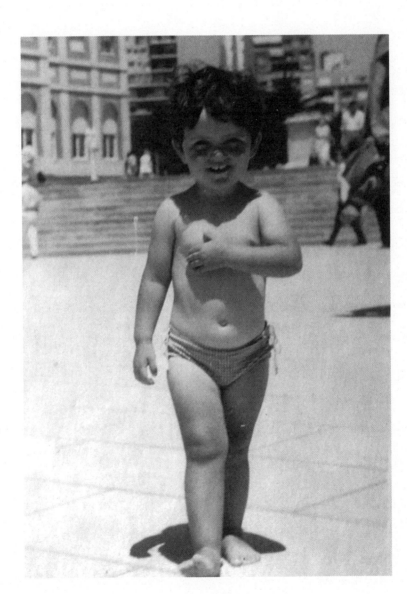

Epílogo

La memoria es un juego de cajas chinas. Uno abre la primera y dentro esperan otras, casi hasta el infinito. Un hipervínculo que origina otra búsqueda en la necesidad de una certeza tal vez inalcanzable. El recuerdo puede ser falaz, una mezcla de datos ciertos e inciertos que se fusionan casi como en un sueño. Y al que muchas veces nos resistimos a contradecir y modificar aunque una foto, una nota periodística o los recuerdos de otras personas o de otros tiempos lo pongan a prueba. Porque los recuerdos son nuestros, entonces en ellos no hay verdad ni mentira. Recuerdos encubridores.

Pero además de la distorsión que provoca la evocación después de tantos años, está la ficción. Parte de lo que cuento en este libro sucedió y parte no. La ficción nos permite mejorar o empeorar la realidad según nos convenga. Mejorar para tolerarla; empeorar para que tenga tensión dramática. La vida, a veces, no la tiene. Los novelistas mentimos, pero la novela es lo más real que tenemos, no sé si para entender el mundo pero al menos para sentir que el mundo no nos engaña como quisiera.

Por eso quien lea esta historia y diga "Esto no fue así" tiene absoluta razón. Sólo fue así en mi cabeza, en ese lugar donde mezclo ficción y realidad, palabras e imágenes, datos y mentiras. Algunos personajes existieron y otros no. Algunos conservaron sus verdaderos nombres, a otros se los inventé. Mi padre se llamaba Gumer, nació en Portosín y era un gran jugador de tenis. Se decía comunista y se paseaba en calzoncillos. Mi madre prendía el carbón y le cocinaba un bife cada noche, si era necesario bajo la lluvia. Era mi abuela quien me despertaba cada mañana para ir al colegio. Pero no existió la Comisión para la Reivindicación del Monumento a la Bandera de Burzaco. Al menos que yo sepa. Ni existió la señorita Julia. Aunque sí otra mujer, y otra sospecha.

El ombú de la plaza es lo más ajustado a la realidad de todo lo que cuento en este libro. Mi padre no fue a verme desfilar ni en el 76, ni ningún otro año. Pero cada tanto me compraba chocolate. Y por las noches, cuando creía que yo ya estaba dormida, se acercaba a mi cama y me daba un beso en la frente. Murió de un infarto, la mañana siguiente al día en que vio en la televisión un documental sobre la masacre de Ezeiza.

A quién agradecer:

A Patricio Zunini, porque me pidió una breve nota para el blog de Eterna Cadencia que se convirtió en la semilla de esta historia.

A Alonso Cueto, porque en el Chaco durante la tertulia del Foro de la Fundación Mempo Giardinelli me regaló, sin proponérselo, el título de esta novela.

A los que siempre leen mis borradores: Cristian Domingo, Laura Galarza, Débora Mundani, Karina Wroblewski, Marcelo Moncarz, Andrea Jáuregui, Paloma Halac.

A los colegas que me ayudaron a resolver distintas dificultades durante la escritura de esta novela: Guillermo Martínez, Sergio Olguín, Antonio Santa Ana, Omar Genovese, Miriam Molero.

A los que me prestaron material imprescindible: Adriana Ressia, Patricio Carranza, Soledad Vallejos.

A los que cuidan mis textos: Julia Saltzmann, Gabriela Franco, Nicole Witt, Jordi Roca.

A mis amigos de Burzaco, los de siempre, que compartieron conmigo sus recuerdos encubridores para que con ellos yo completara los míos.

A mis hijos.

A Ricardo.

Índice

Alfaguara es un sello editorial del Grupo Santillana

www.alfaguara.com

Argentina
www.alfaguara.com/ar
Av. Leandro N. Alem, 720
C 1001 AAP Buenos Aires
Tel. (54 11) 41 19 50 00
Fax (54 11) 41 19 50 21

Bolivia
www.alfaguara.com/bo
Calacoto, calle 13 n° 8078
La Paz
Tel. (591 2) 279 22 78
Fax (591 2) 277 10 56

Chile
www.alfaguara.com/cl
Dr. Aníbal Ariztía, 1444
Providencia
Santiago de Chile
Tel. (56 2) 384 30 00
Fax (56 2) 384 30 60

Colombia
www.alfaguara.com/co
Carrera 11A, n° 98-50, oficina 501
Bogotá
Tel. (571) 705 77 77

Costa Rica
www.alfaguara.com/cas
La Uruca
Del Edificio de Aviación Civil 200 metros
  Oeste
San José de Costa Rica
Tel. (506) 22 20 42 42 y 25 20 05 05
Fax (506) 22 20 13 20

Ecuador
www.alfaguara.com/ec
Avda. Eloy Alfaro, N 33-347 y Avda. 6 de
  Diciembre
Quito
Tel. (593 2) 244 66 56
Fax (593 2) 244 87 91

El Salvador
www.alfaguara.com/can
Siemens, 51
Zona Industrial Santa Elena
Antiguo Cuscatlán - La Libertad
Tel. (503) 2 505 89 y 2 289 89 20
Fax (503) 2 278 60 66

España
www.alfaguara.com/es
Av. de los Artesanos, 6
28760 Tres Cantos - Madrid
Tel. (34 91) 744 90 60
Fax (34 91) 744 92 24

Estados Unidos
www.alfaguara.com/us
2023 N.W. 84th Avenue
Miami, FL 33122
Tel. (1 305) 591 95 22 y 591 22 32
Fax (1 305) 591 91 45

Guatemala
www.alfaguara.com/can
26 avenida 2-20
Zona n° 14
Guatemala CA
Tel. (502) 24 29 43 00
Fax (502) 24 29 43 03

Honduras
www.alfaguara.com/can
Colonia Tepeyac Contigua a Banco Cuscatlán
Frente Iglesia Adventista del Séptimo Día,
  Casa 1626
Boulevard Juan Pablo Segundo
Tegucigalpa, M. D. C.
Tel. (504) 239 98 84

México
www.alfaguara.com/mx
Avda. Río Mixcoac, 274
Colonia Acacias, C.P. 03240
Benito Juárez, México D.F.
Tel. (52 5) 554 20 75 30
Fax (52 5) 556 01 10 67

Panamá
www.alfaguara.com/cas
Vía Transísmica, Urb. Industrial Orillac,
Calle segunda, local 9
Ciudad de Panamá
Tel. (507) 261 29 95

Paraguay
www.alfaguara.com/py
Avda. Venezuela, 276,
entre Mariscal López y España
Asunción
Tel./fax (595 21) 213 294 y 214 983

Perú
www.alfaguara.com/pe
Avda. Primavera 2160
Santiago de Surco
Lima 33
Tel. (51 1) 313 40 00
Fax (51 1) 313 40 01

Puerto Rico
www.alfaguara.com/mx
Avda. Roosevelt, 1506
Guaynabo 00968
Tel. (1 787) 781 98 00
Fax (1 787) 783 12 62

República Dominicana
www.alfaguara.com/do
Juan Sánchez Ramírez, 9
Gazcue
Santo Domingo R.D.
Tel. (1809) 682 13 82
Fax (1809) 689 10 22

Uruguay
www.alfaguara.com/uy
Juan Manuel Blanes 1132
11200 Montevideo
Tel. (598 2) 410 73 42
Fax (598 2) 410 86 83

Venezuela
www.alfaguara.com/ve
Avda. Rómulo Gallegos
Edificio Zulia, 1°
Boleita Norte
Caracas
Tel. (58 212) 235 30 33
Fax (58 212) 239 10 51

Este libro se terminó de imprimir en el mes de
Abril del 2013, en Impresos Vacha, S.A. de C.V.
Juan Hernández y Dávalos Núm. 47, Col. Algarín,
México, D.F., CP 06880, Del. Cuauhtémoc.